Unter dem Kreuz der Templer

Kaplan de Montpasson machte das Kreuzzeichen. Arnulf versenkte sich tief in die Mystik des auf- und abschwellenden Gesangs der Mönche. Dies war sein großer Tag, wie lange hatte er darauf gewartet. Heute wurde er zum frater milites, zum kämpfenden Ritter und Mönch. Vor sich sah er ein drei Meter hohes Holzkreuz. Daneben ein Bild von Jerusalem, wie die Kreuzfahrer es eroberten, eine brutale Szene voller Gewalt, Feuer und Blut. Zwei große Kerzen hüllten die ganze Szene in ein geheimnisvolles Dämmerlicht. De Montpasson fragte ihn: „Soll dein Leben ganz Christus gehören? Willst du Keuschheit, Armut und Gehorsam geloben und dich dem Kampf gegen die Ungläubigen weihen?" Fest antwortete Arnulf: „Ja, Vater, das will ich." Der Kaplan griff zur Seite und nahm das Schwert, das Zeichen für Arnulfs Bestimmung. Feierlich legte er es Arnulf auf die vorgestreckten Arme. Mit diesem Schwert würde er für den Glauben streiten. Vielleicht könnte er gar das Heilige Land zurückerobern. Davon träumte jeder Tempelritter, nachdem die Sarazenen dem Kreuzfahrerstaat in Palästina ein Ende gemacht hatten. Er freute sich riesig. Vielleicht würde ihm sogar im Kampf die Krone des Märtyrers gewährt. Schon oft hatte er sich vorgestellt, wie sein Leib erschlagen liegt und seine Seele in weißen Gewändern unter dem Jubelgesang der Engel zum Himmel emporsteigt...

Der Gesang seiner Mitbrüder vermittelte ihm ein Gefühl der Feierlichkeit. Unwirkliche Wärme und Glück durchfluteten Arnulf. Er war am Ziel. Hatte Christus nicht gesagt, wer sein Leben um seinetwillen verliert, der wird es finden?

De Montpasson hängte ihm den weißen Umhang mit dem roten Kreuz auf der linken Schulter um. Damit war die Zeremonie zu Ende. Arnulf stand auf. Er umgürtete sein Schwert und ging auf die Brüder zu. Sie sahen ganz und gar nicht kriegerisch aus, eher wie völlig normale Mönche. Ihre Kleidung bestand aus einer einfachen schwarzen Kutte mit Mütze. Die Rüstung trugen Tempelritter im christlichen Frankreich nur im Manöver und auf Reisen.

Als erstes stand da Bruder Markus. Er lächelte Arnulf spitzbübisch an. Markus war ihm in den letzten Wochen ein guter Freund geworden. Das war kein Wunder, kaum jemand konnte seinem Humor widerstehen. Markus umarmte ihn und sagte laut: „Herzlich willkommen in unserer Gemeinschaft, Bruder." Dann jedoch knuffte er ihn in die Seite und raunte so leise, dass nur Arnulf es hören konnte: „Willkommen bei den frommen Geldwechslern." Arnulf versuchte krampfhaft, ernst zu bleiben. In den letzten Monaten hatte er sich vor allem mit dem Eintreiben überfälliger Raten für Kredite beschäftigt.

Damit verdienten die Tempelritter ihr Geld. Die größten Kunden waren Könige und Fürsten, leider zahlten sie auch am schlechtesten. Die Mitbrüder hüstelten vernehmlich und versuchten ihre Heiterkeit zu verbergen. De Montpasson verdrehte die Augen und bedachte Markus mit einem strafenden Blick.

Nachdem ihn auch die anderen zehn Brüder umarmt und ihm gratuliert hatten, umarmte ihn auch der Kaplan. „Sei willkommen, mein Sohn." Sein tiefer Bass hallte im Raum wider. „Danke, Vater", sagte Arnulf.

Nun brach sich nach der Feierlichkeit ausgelassene Fröhlichkeit Bahn. „Wie wär's mit einem kleinen Festgelage wie am Hofe des Heiligen Vaters in Avignon mit seinen Saufbrüdern und Konkubi... Verzeihung, seinen Vasallen und Edelfräulein." Markus blickte übertrieben ernst drein. Der Erfolg hallte an den Wänden wider, dass man meinte, dass das Haus erzitterte. Selbst Kaplan de Montpasson musste lachen und drehte sich darum schnell zur Seite. Als er Markus wieder ansah, war seine Miene sehr streng. „Markus, wie oft habe ich dir gesagt, du sollst dein Schandmaul halten? Wie kannst du es wagen, deinen neuen Mitbruder bei seiner Weihe zu belustigen? Und was fällt dir ein, den Heiligen Vater zu beschimpfen?" „Vergebt mir, Vater, ich habe gesündigt", sagte Markus eine Spur zu kleinlaut. „Wenn du vorher daran denken würdest, bräuchte ich dir nicht so viel Buße auferlegen." Aber selbst de Montpasson gluckste weiter tief in seinem Innern.

Das Mahl der Tempelritter war jedoch kärglich. Es entsprach in keiner Weise den Gelagen an manchen Bischofssitzen und schon gar nicht dem Prunk des päpstlichen Palastes in Avignon. Arnulf gefiel das asketische Klosterleben. Er fühlte sich Gott nah, wenn er sich seinen Körper unterwarf. Er tötete seinen Leib täglich, schlug ihn, bezwang ihn. Trotz des Reichtums seines Ordens lebte er arm. Es machte ihn ein wenig stolz, dass er den Glauben viel ernster nahm als die meisten Menschen, die er kannte. Arnulf dachte, dass es doch nichts Besseres geben könnte, als sich dem Kampf für Gott zu weihen.

An diesem Abend lag er noch lange wach auf seinem Lager. Er musste unwillkürlich an die letzten Jahre denken. Was hatte er alles erlebt! Besonders dachte er an seine Erzieherin Claudine. Sie hatte ihm die brennende Liebe zu Gott und für die Sache der Kirche ins Herz gesenkt. Er lächelte. Wehmütig rief er sich einen Augenblick vor über fünfzehn Jahren ins Gedächtnis, der sein ganzes Leben veränderte.

eute war es so weit. Seit mehr als fünf Jahren stand dieser Tag fest. Schon am Tag seiner Geburt hatten Astrologen festgelegt, dass der junge Arnulf de Courand, der erste Sohn von Robert und Jeannette de Courand, genau heute aus der Obhut seiner Mutter treten würde. Es war ein dunkler, wolkenverhangener Morgen gewesen, an dem der kleine Arnulf das Licht der Welt erblickte. Die Normandie hatte seine heimatliche Burg an diesem dritten November in dichte Nebelschwaden gehüllt und damit die Dunkelheit des frühen Morgens zu einem Tuch gemacht, das sich über Türme und Zinnen legte. Selbst als schließlich die Sonne aufging, war die Luft dick und schwer, undurchdringlich wie eine Wand. Der Tag heute aber strahlte. Die warme Maisonne meinte es überschwänglich gut. Die Luft war erfüllt vom Duft zahlloser Frühlingsblumen und summender Insekten. Das gleißende Licht ließ die dicken Mauern der Burg glänzen, als wären sie frisch gewaschen, die ganze Natur wirkte sauber und frisch.

Arnulf strahlte mit der Sonne um die Wette. Er kannte bereits die Bedeutung des heutigen Tages. Er würde seine Dame kennenlernen, die Frau, die an die Stelle seiner Mutter trat. Häufig hatte er den Vater in schwärmerischer Verehrung von seiner Dame reden hören. Auch er zählte gerade einmal fünf Jahre, als sie in sein Leben trat. Sehr schnell ließ sie ihn seine Mutter vergessen, die er vorher über alles geliebt hatte. Noch heute schien seine Liebe zu ihr die Liebe zu anderen Menschen bei weitem zu übertreffen, sie war reiner, edler. Es verging kein Tag, an dem Robert de Courand nicht alle Anwesenden mit

Anekdoten von seiner Dame unterhielt. Seine Augen schienen dabei in ferne Weiten abzuschweifen. Arnulf gewann den Eindruck, dass er seine Dame vergötterte und verehrte wie eine Heilige der Kirche. Dies ließ Arnulfs Spannung vor dem heutigen Tag steigen. Wie würde *sie* aussehen? Er erwartete eine engelsgleiche Lichtgestalt, eine gute Fee, von einem Strahlenkranz umgeben wie der Heiligenschein auf den Bildern mit den heiligen Aposteln, die in der Galerie der Burg seiner Eltern hingen.

Ein wenig bang war ihm auch zumute. Wie würde es ohne seine Mutter sein? Bis jetzt hatte sie ihn gehegt und gepflegt. Er war ihr Sonnenschein gewesen, das Licht ihrer Tage, wenn der Vater ausgezogen war, um Ruhm und Ehre zu suchen. Oft hatte ihm der Vater erzählt, wie er gegen die Sarazenen in Spanien gekämpft hatte. Als junger Mann war er Jahre durch die Lande gezogen. Überall, wo man seine Kriegskunst brauchte, hatte er sie feilgeboten – gegen die Ungläubigen auf dem Balkan, im Nordosten Europas, im Süden... Auch jetzt zog es ihn jedes Mal fort, wenn sich an einer Stelle Kriegsgeschrei erhob. Schon in seinen jungen Jahren wusste Arnulf fest, dass er es ihm gleichtun wollte.

Der Vater kam. Die Sonne glänzte auf seiner Rüstung, sein Umhang leuchtete strahlend gelb und blau. Der Federbusch auf seinem Helm, den er im Arm trug, war fast so hoch wie er selbst. Ein dichter, aber kurzer und gepflegter Vollbart umschloss sein Gesicht nahezu bis zu den Augen. Er lächelte, als er seinen Jungen ansah.

„Nun, Arnulf, bist du Manns genug, deiner Mutter Lebewohl zu sagen und zu deiner Dame zu gehen, auf dass du ein guter Ritter wirst? Willst du ein christlicher Ritter, ein Kämpfer für die Armen und Schwachen werden?"

„Ja, Vater."

Arnulf versuchte, den Kloß in seinem Hals zu ignorieren. Jetzt bloß keine Schwäche zeigen, den Vater nicht enttäuschen. Bloß gut, dass die Mutter sich jetzt nicht zeigte. Arnulf hatte Angst, sich vor ihr nicht mehr in der Gewalt zu haben.

Robert de Courand nahm seinen Sohn bei der Hand. Auch Arnulf trug seine besten Kleider. Ein blaues Wams mit einer leuchtend gelben Hose und einer hellbraunen Mütze, das schulterlange dunkelbraune Haar fein säuberlich gekämmt und an den Seiten und am Hinterkopf herunterfallend. Mit dem Vater an der Hand wandte er sich dem Tor zu. Es war geöffnet und die Zugbrücke über den Burggraben heruntergelassen. Auf einmal kündigte das Schmettern der Trompete des Turmwächters Besuch an, welcher sich der Burg näherte. Schon bald erkannte man eine Wolke auf dem staubigen Weg, die auf die Burg zukam, und bald waren Reiter und eine geschlossene Kutsche aus rotem Samt zu erkennen, die im Galopp heransprengten. Das Getrappel der Pferde erfüllte die Luft, als sie dann über die Zugbrücke in den Hof der Burg trabten und schließlich zum Stehen kamen. Die Pferde schnaubten. Ross und Reiter waren mit einer Mischung aus Staub und Schweiß bedeckt und das ehemals feine samtene Rot der Kutsche war durch den Dreck der Straße glanzlos geworden. Die begleitenden Ritter stiegen von ihren Pferden, die sogleich von Bediensteten der Burg in Empfang genommen und in den Stall geführt wurden. Arnulfs Vater begrüßte die Ankömmlinge herzlich und Arnulfs Mutter, die nun im Hintergrund herzugetreten war, ließ sie in die Küche führen, wo sie nach allen Regeln ritterlicher Gastfreundschaft bewirtet werden sollten.

Nun traten Diener an die Seite der Kutsche, um die Stoffbehänge zurückzuschlagen. Arnulf hielt den Atem an. Für ihn knisterte die Luft vor Spannung. Doch was war das? Heraus trat eine kleine Frau mittleren Alters und mittlerer Schönheit, gekleidet in ein schlichtes grünes Gewand. Keine engelsgleiche Gestalt, keine gute Fee aus einem Märchen mit einem Zauberstab, sondern eine einfache Frau, die an Gestalt nicht an seine Mutter heranreichte.

„Willkommen auf unserer Burg, Mademoiselle Brunard", sagte Arnulfs Vater und verbeugte sich vor der Dame, die seinen Gruß mit einem höflichen Knicks erwiderte.

„Hattet Ihr eine gute Reise?"

„Ja, vielen Dank für Eure Einladung, Monsieur. Ich bin sehr gut gereist, aber zum Schluss wurde es etwas lang und strapaziös."

Das Edelfräulein wurde in den Speisesaal geführt. Zu ihren Ehren wurde ein großes Festmahl veranstaltet, wie es sonst nur bei hohen Festlichkeiten üblich war. Während seine Eltern sich angeregt mit Mademoiselle unterhielten, saß Arnulf ein wenig nachdenklich auf seinem Stuhl. Tausend Gedanken jagten sich in dem Gehirn des kleinen Jungen. Würde er seine Dame einst genauso verehren wie der Vater die seine? Warum war sie so ganz anders, so menschlich? Arnulf konnte auf diese Fragen keine Antworten finden.

*K*reischend stießen die beiden Schwerter aufeinander. Schon in aller Herrgottsfrühe war Arnulf heute aus seinen Träumen gerissen worden. Er hatte gebetet, die Schriften der Kirchenväter und die Heilige Schrift studiert und dann ein kleines Frühstück zu sich genommen. Jetzt sah er sich de Montpasson in einer Schwertkampfübung gegenüber. Arnulf hatte bereits als Knappe mit den anderen Knappen trainiert, aber dies hier war anders, gefährlicher. De Montpasson war kampferprobt und listig und Arnulf wurde klar, wie viel er noch zu lernen hatte.

Gerade hatte er einen schweren Hieb gegen de Montpasson ausgeführt. Dieser hatte Weisung gegeben, ihn nicht zu schonen. Trotzdem fürchtete Arnulf einen Augenblick, er würde den Kaplan verletzen, denn der hatte sein Schwert gesenkt. Aber de Montpasson hatte den Hieb erwartet. Mit unglaublicher Leichtigkeit wich er einen Schritt zurück, fing Arnulfs Hieb mit seinem Schwert ab und stieß ihn selbst zwei Meter von sich, sodass Arnulf Mühe hatte, auf den Beinen zu bleiben.

„Denke nie zu früh, dass du gewonnen hast, Arnulf." In de Montpassons Augen blitzte der Schalk. Er schien dieses gefährliche Spektakel regelrecht zu genießen. „Wenn du glaubst, du hast deinen Gegner, könnte dieser plötzlich dich besiegen."

Arnulf rann der Schweiß in Strömen über das Gesicht. De Montpasson bewegte sich wenig, aber effektiv. Er teilte die

Kraft seiner fünfundvierzig Jahre sehr gekonnt ein, glich fehlende Spritzigkeit durch ein Übermaß an Erfahrung aus. Meist ließ er seine Schüler angreifen, aber sobald sie in ihrer Aufmerksamkeit nachließen, stieß er so unerwartet vor, dass sie sich geschlagen geben mussten.

„Was ist, Arnulf? Gibst du schon auf?" Der Kaplan lauerte wie eine Raubkatze.

Arnulf atmete schwer. Er tat, als müsse er verschnaufen, was eigentlich sogar zutraf. Doch kurz vor einer möglichen Attacke de Montpassons nahm er seine restliche Kraft zusammen und attackierte ihn mit einem wilden Schrei, den Schild wie einen Rammbock vor sich, das Schwert wie ein Dolch in der Hinterhand. Einen Augenblick war der Kaplan überrascht. Krachend wie ein Donnerschlag stießen die Schilde aufeinander. Gerade noch rechtzeitig wich de Montpasson zurück und konnte so Arnulfs Attacke abwehren, aber er hatte drei Meter Boden und auch die Initiative verloren.

„Nicht schlecht, mein Sohn." In de Montpassons Stimme schwang Anerkennung. „Du hast schon gelernt, deinen Gegner zu täuschen und deine Schwäche zu überwinden, wirklich nicht schlecht. Nicht nachlassen. In einem Kampf darfst du dich nicht ausruhen, sonst ruhst du dich für die Ewigkeit aus."

Diese Runde ging an Arnulf. Beide machten sich von neuem bereit. Die Schwerter klirrten. Von nun ab war de Montpasson vorsichtiger. Wieder schien er zurückzuweichen, anscheinend ließen seine Kräfte nach. Aber gerade als Arnulf ihm siegesgewiss das Schwert aus der Hand schlagen wollte, machte er mit einer geschmeidigen Bewegung einen Ausfallschritt zur Seite und Arnulf lief verdattert ins Leere. Hart spürte er die Spitze von de Montpassons Schwert in seinem Rücken.

„Das wäre dein Ende gewesen, Arnulf." De Montpasson hatte seine Selbstsicherheit wiedererlangt. „Glaube nie an deinen Sieg, solange er dir noch zu nehmen ist."

Arnulf seufzte. Der ritterliche Kampf bestand vor allem aus Finten, Tricks und Täuschungen. Ritterlich war daran nur die Aufmachung. Eigentlich klar, doch irgendwie war er ein wenig irritiert, dass ihm seine Illusionen so schnell genommen wurden.

Noch einmal stellten sich die Kämpfer auf. Lauernd umkreisten sie sich, die Augen fest auf den Gegner gerichtet. Keiner wollte den ersten Schritt machen. Schließlich entschloss sich Arnulf zu einer Scheinattacke. Wie als hätte er die Geduld verloren, stürmte er haltlos vor. Doch als de Montpasson einen Ausfallschritt nach links machte, wandte sich Arnulf sofort auf die andere Seite und versuchte seinerseits, den Kaplan ins Leere laufen zu lassen. Doch de Montpasson war auf der Hut. Mit einem hellen Laut und funkensprühend verkeilten die Schwerter sich. Beide wichen einen Schritt zurück und umkreisten einander wieder.

„Sehr gut, mein Sohn, du beweist Geduld." Nun attackierte de Montpasson. Arnulf bewahrte seinen festen Stand und wehrte ihn ab. Beide stießen einander zurück und verloren dabei das Gleichgewicht. Beinahe gleichzeitig standen sie wieder auf den Füßen. Gebückt umkreisten sie sich weiter. Plötzlich stieben beide aufeinander zu und trafen mit Getöse zusammen. Unentschieden, keiner hatte den entscheidenden Schlag führen können.

„Für heute ist genug." De Montpasson wischte sich mit einer Hand das Gesicht ab. Auch er atmete nun schwer. Trotzdem wunderte sich Arnulf, wie frisch der Kaplan wirkte. Er fühlte sich in seinem Kettenhemd wie in einem Badezuber. Aufatmend steckte er sein Schwert in die Scheide.

„Heute Nachmittag werden wir mit Reiterlanze und Pferd üben."
„Vater, das habe ich schon so oft gemacht. Ich kann es längst", meinte Arnulf leichthin.
„Zu viel Übung schadet nie, mein Sohn."

Die anderen elf Mönche hatten die ganze Szenerie beobachtet. Nun trat Markus auf ihn zu. „Du hast dem Alten ja ganz schön zugesetzt, alle Achtung. Bei meiner ersten Übung ging ich dreimal zu Boden und er setzte mir das Schwert an die Kehle. Ich spielte fast mit dem Gedanken, zu den Zisterziensern zu wechseln."

Arnulf lächelte. Das Lob des Freundes bedeutete ihm viel.

Markus galt als einer der besten Schwertkämpfer der Komturei.

Die Ritter eilten zum Mittagessen. Heute bestand es aus Gerstenbrei und Gemüse. Danach würden sie sich wieder zu einem Stundengebet mit Gesang treffen.

Arnulf liebte die militärischen Übungen mehr. Mit seinen einundzwanzig Jahren brannte er auf ritterliche Heldentaten. Aber er war bereit, sich gehorsam den Anordnungen des Kaplan zu fügen.

Schließlich trafen sich alle Ritter des Standortes zur weiteren Übung in voller Rüstung. Die Sonne der Champagne brannte auf sie herab und es wurde ungemütlich heiß. Jeder stand in der Reihe neben seinem Pferd und musste auf seinen Einsatz warten.

Zuerst war André an der Reihe, ein verheiratetes Mitglied der Gemeinschaft. Er besaß Kampferfahrung in Spanien und Portugal und war sogar bei den letzten Gefechten um Akkon in Palästina dabei gewesen.

Auf das Zeichen de Montpassons brachte er ruhig und gelassen die Lanze in Stellung. Entschlossen ritt er auf die auf einem Brett befestigte Strohpuppe zu und brachte sie mit einem sauberen Treffer zu Fall. Die anderen Ritter spendeten Beifall. Einer nach dem anderen erfüllten sie ihr Soll. Arnulf begann, sich zu langweilen. Warum traten sie nicht mit Turnierlanzen gegeneinander an? Die Strohpuppe konnte schließlich keine Abwehrmaßnahmen ergreifen wie ein normaler Gegner.

Als letzter war Arnulf an der Reihe. Ruhig und gelassen ritt er mit gesenkter Lanze auf die Puppe zu. Sie fiel wie erwartet. Müder Beifall brandete auf. Da packte ihn der Übermut. Triumphierend reckte er die Lanze in die Höhe. Doch was war das? Er verlor das Gleichgewicht. Ehe er sich versah, rutschte er rücklings von seinem galoppierenden Pferd hinunter. Mit einem Schlag landete er auf dem Boden, hilflos wie ein Käfer auf dem Rücken mit Armen und Beinen rudernd. Nach einer Schrecksekunde brandete das dröhnende Gelächter der anderen Ritter auf. Selbst das davoneilende Pferd wieherte, als wolle es ihn verspotten. Deutlich war der heitere Unterton in de Montpassons Bass zu hören: „Wie willst du diese Übung nennen, Arnulf? Mitleid mit dem armen Feinde?" Knappen eilten zu dem verunglückten Ritter und halfen ihm auf. Mit einem von ihnen, dem siebzehnjährigen Pierre, hatte Arnulf noch vor wenigen Wochen ein Zimmer geteilt. Auch er feixte.

„Und denke immer daran, Pierre, Hochmut kommt vor dem Fall!" Geschickt äffte Pierre den Tonfall nach, in dem ihn Arnulf immer belehrt hatte.

„Ach sei doch..." Arnulf krächzte heiser. Der Sturz hatte ihm die Luft aus den Lungen gepresst und sein Rücken fühlte sich an, als habe er für lange Zeit viel zu nahe am Feuer gesessen. Doch auch er musste unwillkürlich lachen.

De Montpasson trat auf Arnulf zu. Noch immer kämpfte er mit seiner Heiterkeit. Doch dann sagte er betont ernst: „Ich muss dir wohl nicht mehr erklären, eine wie gefährliche Sünde Stolz ist, oder?"

An diesem Abend war Arnulf besonders froh, sich in seine Zelle zurückzuziehen. De Montpasson hatte zwar angeordnet, ihn zu baden und ihm dann das Kreuz zu salben, aber die Schmerzen gingen ihm durch Mark und Bein und würden ihn bestimmt noch wochenlang begleiten. Während des Gebets am Abend hatte Arnulf sich zusammengerissen, um sich nichts anmerken zu lassen. Aber er hatte das Gefühl, jeder seiner Mitbrüder könne sein Leiden an seinem Gesichtsausdruck ablesen, auch wenn niemand etwas sagte.

Sorgfältig verschloss Arnulf seine Zelle. De Montpasson hatte ihm erlaubt, heute beim Nachtgebet zu fehlen. Aufseufzend ging er zu seinem Lager und legte sich verstohlen auf den Bauch.

*A*rnulf zählte gewissenhaft das Geld, welches der Kunde deponieren wollte. „398, 399, 400. Vierhundert Dukaten. Möchten Sie später noch mehr anlegen, Monsieur?"

Der Mann in der Kleidung eines reichen Kaufmanns atmete tief durch. „Ich könnte ja noch viel mehr Geld bei Ihnen deponieren, aber die Preise... Können Sie mir nicht etwas entgegenkommen?"

„Es tut mir leid Monsieur, aber das geht leider nicht. Schließlich haften wir auch für das Geld im Falle des Diebstahls. Zwei Dukaten pro Jahr müssen wir verlangen."
„Und dabei verleiht Ihr mein Geld noch und nehmt Zinsen."
„So ist es üblich, Monsieur."
„Unsereins muss sein Geld hart und bitter erwirtschaften, und Ihr, die Ihr doch geistliche Herren seid, wuchert damit wie Ungläubige."

Arnulf schluckte eine bissige Bemerkung hinunter. Der Kaufmann vor ihm hatte es wahrhaft nötig zu klagen, ausgerechnet er!

„Wir bieten Dienstleistungen für Bezahlung, Monsieur. Und das Geld benutzen wir nicht einmal für uns selbst, sondern für die Verteidigung unseres Glaubens."
„Ja, ja. Und werdet dabei immer reicher und fetter."

Arnulf betrachtete den feisten Kerl vor sich und wieder lag ihm ein bitterböses Wort auf der Zunge, aber er beherrschte sich.

„Es bleibt also bei vierhundert Dukaten?"

„Ja, ja, schon gut."

Aufatmend stellte Arnulf dem Mann eine Urkunde über das eingezahlte Geld aus. Der Kunde steckte sie ein und ging leise grollend seines Weges.

Als nächstes trat ein Herr auf ihn zu, dem man schon von weitem seine fürstliche Herkunft ansah. Das Gewand war das eines wohlhabenden Landadligen, das Auftreten vornehm und seiner Bedeutung bewusst.

„Ihr wünscht, Eure Exzellenz?"

„Ihr habt mir ein Schreiben zukommen lassen, Monsieurs, in dem Ihr mich *ultimativ* und in unverschämter Manier auffordert, meine Kreditraten zu bezahlen."

Der Mann holte tief Luft und wedelte mit einem Schreiben.

„Von wem stammt dieses Machwerk?"

„Von unserer Buchhaltung, Exzellenz. Wahrscheinlich habt Ihr versehentlich die Zahlung Eurer Schuldentilgung versäumt. Das Schreiben sollte Euch nur höflichst daran erinnern, Eurer Verpflichtung als Edelmann nachzukommen."

„Wie könnt Ihr es wagen, meine Zahlungsfähigkeit anzuzweifeln und mich wegen einer Rate von läppischen fünfzig Dukaten anschreiben? Gut, ich habe die Zahlung dreimal versäumt. Aber zweifelt Ihr etwa daran, dass ich meine Schuld begleichen werde?"

„Exzellenz, niemand wollte Eure Zahlungsfähigkeit infrage stellen. Es ist nur eine Erinnerung daran, dass Ihr Eure Pflichten versehentlich nicht erfüllt haben."

„Mir so etwas vorzuhalten. Eigentlich sollte ich Euch dafür allesamt von meinen Leibeigenen mit Knüppeln jagen und durchprügeln lassen."

Nun wurde es Arnulf doch zu bunt. Mit einem Satz sprang er auf. Seine Augen sprühten Zorn und seine Stimme war schneidend. „Exzellenz, Ihr vergesst Euch! Bedenkt bitte, dass auch ich aus einem vornehmen Geschlecht stamme wie auch viele meiner Mitbrüder. Auch wir werden es nicht hinnehmen, wenn man uns in so ungebührlicher Weise Schimpf antut!"

Der Adlige beruhigte sich sofort und schlug einen versöhnlicheren Tonfall an. „Schon gut, verzeiht mir meine Bemerkung, die zu großer Verärgerung über Euer Schreiben entsprungen sein mag. Selbstverständlich werde ich bezahlen, wie konntet Ihr nur daran zweifeln!"

„Das bezweifle ich nicht, Exzellenz. Ihr könnt Eure Raten gleich hier begleichen und die für alle peinliche Angelegenheit aus der Welt schaffen."

Der Mann schluckte vernehmlich. „Ich bemerke gerade, dass ich es in meiner Aufregung leider unterließ, Geld mit mir zu nehmen. Morgen früh bin ich bei Euch und begleiche die Schuld bis auf den letzten Centime."

„Ich nehme Euch bei Eurem Wort als Edelmann, Exzellenz."

Der Mann verneigte sich und ging. Markus trat auf Arnulf zu und knurrte leise: „Immer dasselbe. Die Kerle leben über ihre Verhältnisse und machen Schulden. Sie leben weiter über ihre Verhältnisse und können nicht mehr zahlen. Wenn wir sie daran erinnern, werden sie wild, aber zahlen müssen sie schließlich doch. Der verkauft sicher schnell sein Tafelsilber oder nimmt woanders einen noch teureren Kredit auf, den er dann erst recht nicht begleichen kann."

„Hat uns das zu interessieren?"

„Sag bloß, dich interessiert nicht, wie er uns behandelt? Du bist doch eben ganz schön hochgegangen!"

„Soll ich mir solchen Schimpf bieten lassen?"

„Wir sind nicht im Krieg, Bruder. Als geistliche Herren halten wir die andere Wange hin – und bestehen trotzdem auf Bezahlung. Frage mich nicht, wie das beides gleichzeitig gehen soll."

Arnulf seufzte. Aber viel Zeit zum Nachdenken hatte er nicht. Ein neuer Kunde betrat den Raum. Seine Kopfbedeckung wies ihn als Juden aus. Die Haltung zeigte, dass er sich oft beugen musste. Seine Kleidung war jedoch überaus wertvoll und die lustig leuchtenden Augen verrieten einen wachen Geist und ein gesundes Selbstbewusstsein.

„Sie wünschen, Monsieur?" Arnulf gab seiner Stimme einen höflich geschäftsmäßigen, aber doch herablassenden Tonfall.

„Geld deponieren möchte ich. Der Gott Israels gab mir viel,

aber leider gibt es noch mehr, die es mir abknöpfen möchten. Ich trage keine Waffen, und Waffenknechte beschäftigen möchte ich nicht. Deshalb gebe ich es lieber Euch, damit Ihr Euch dafür töten lassen könnt."

„Wie viel möchtet Ihr deponieren, Monsieur?"

„Zwanzigtausend Dukaten in Gold. Alles verdient mit ehrlichem Handel mit Harzen und Gewürzen aus dem Heiligen Land und dem Morgenland. Vielleicht später noch mehr."

Arnulf winkte schnell Markus und einen anderen Bruder heran. „Wann wollt Ihr das Geld holen, Monsieur?"

„Holen? Ich habe es bei mir. Draußen stehen meine Diener und Esel mit verpackten Säcken. Ich muss es schnell abgeben. Dreimal haben mich Einbrecher heimgesucht, doch nur wenig gefunden. Irgendwann werden sie alles finden oder mir und meiner Familie glühende Eisen auflegen, um das Versteck zu erfahren. Andere Banken außer der Ihren gibt es hier nicht. Wenn das Geld bei Euch liegt, kann es mir niemand stehlen und ich kann wieder ruhig schlafen."

Wenig später lag das Gold in riesigen Bergen auf dem Tisch und mehrere Mönche zählten eifrig. Arnulf stellte eine Urkunde über das Konto aus.

„Ich mache Euch darauf aufmerksam, dass ein Konto bei uns Gebühren kostet."

Der jüdische Kaufmann warf theatralisch die Arme gen Himmel.

„Gott Abrahams, Ihr Herren, was soll denn das? Selbstverständlich nehmt Ihr Geld! Was denn sonst? Ihr nehmt mir meine Sorge vor Halsabschneidern und bewahrt mein sauer verdientes Gut auf. Dafür werdet Ihr bezahlt. Meint Ihr, ich verlange, dass Ihr umsonst für mich arbeitet? Ist doch ein ganz normales Geschäft auf Gegenseitigkeit, dieses."

Dem Kunden wurden mehrere Varianten von Konten angeboten. Nach einigen Minuten angestrengten Nachdenkens wählte er die teuerste Variante, die es ihm ermöglichte, an allen Komtureien der Templer Geld abzuheben und einzuzahlen.

Zufrieden verließ der Jude nach Erledigung aller Formalitäten die Komturei – um einiges an Sorgen ärmer und um ein Luxuskonto mit allen Schikanen reicher.

An diesem Abend saß Arnulf recht nachdenklich in seiner Zelle. Wie sollte er das verstehen? Ein Jude, ein ungläubiger Wucherer, hatte ohne Jammern oder Feilschen alle Bedingungen akzeptiert. Viele christliche Kunden klagten, handelten, versuchten jeden Centime herauszuholen, beschimpften und beleidigten die Templer auf übelste Weise, nur um sich dann eines guten Geschäfts zu rühmen, wie sie oft im Nachhinein hörten. Hatten die Juden nicht den Herrn verworfen? Warum waren sie großzügig und edelmütig, wo die wahren Gläubigen so taten, als müssten sie ihr letztes Hemd abliefern und noch einiges dazu?

Wie oft schweiften seine Gedanken zurück, diesmal in die Zeit, als sein Entschluss zu reifen begann.

ademoiselle Brunard setzte sich. „Komm, Arnulf, ich erzähle dir eine Geschichte." Für den kleinen Jungen war dies die schönste Zeit des Tages. Regelmäßig unterhielt die Erzieherin ihn mit kleinen Geschichten von Rittern und Heiligen. Immer waren die Helden darin tapfer, edel, fromm und gut. Immer passierte etwas dramatisches, was den Helden zwang, sein normales Leben aufzugeben und sich auf den Weg zu machen – sei es auf den Weg des Glaubens oder den des furchtlosen Ritters. Immer riskierten sie ihr Leben, oft verloren sie es, aber immer im Triumph.

„Heute möchte ich dir von dem heiligen Franziskus erzählen." Arnulf lief und setzte sich auf den Schoß von Mademoiselle Brunard. Sie strich ihm sanft über das Haar und ihre braunen Augen schweiften in weite Fernen ab. „Franziskus war ein reiches Kind. Er kleidete sich in Gold und Silber. Er aß nur die leckersten Dinge und von denen konnte er nie genug bekommen. Als er jung war, lebte er wild und gottlos. Oh wie gottlos lebte Franziskus! Er feierte, trank mit seinen Kumpanen und vergnügte sich mit allen Ausschweifungen, mit allen, die man nicht einmal nennen darf." Mademoiselle Brunard errötete. „Glaubst Du, was Franziskus für ein unartiger Junge war?" Arnulf nickte. In Gedanken versuchte Arnulf sich auszumalen, was für Ausschweifungen das wohl gewesen sein mögen. Es musste wahrhaft Furchtbares sein.

Seine Erzieherin fuhr fort. „Schließlich gab es Krieg. Einen schrecklichen, mörderischen Krieg mit seiner Nachbarstadt Perugia. Die Männer stachen und hieben aufeinander ein. Franziskus war mitten unter ihnen. Er schlug nach hier und schlug nach da. Die Menschen schrien und fielen übereinander." Der siebenjährige Arnulf schaute sie mit großen Augen an. In seinem Geist sah er die kämpfenden Männer. Er war mitten unter ihnen, hieb mit seinem Schwert nach jeder Seite und tötete mit jedem Schlag einen Feind.

„Doch schließlich musste Franziskus sich ergeben. Der Feind war einfach zu stark." Arnulf war enttäuscht. Ein Heiliger, der sich Feinden ergeben muss? Das brachte er nicht zusammen.

„Er wurde von grimmigen Soldaten fortgebracht. Sie lachten über ihn. Sie trieben ihre Späße mit ihm und den anderen Gefangenen. Er wurde von ihnen in ein Gefängnis gebracht. Es war ein tiefer, dunkler Kerker, tief unten in der Erde. Dort wurde Franziskus angekettet. Es war dunkel in dem Kerker, Ratten und Mäuse huschten über den Boden. Die Sonne sah er nie. Es war feucht und kalt. Zu essen bekam er nur ein wenig Wasser und schimmeliges Brot. Dort saß er viele viele Tage traurig und einsam." Arnulf wurde wütend auf die Feinde von Franziskus. Waren sie nicht auch Christen? Wie konnten sie einen anderen Christen so behandeln? Er stellte sich vor, wie er tapfer gekämpft hätte. Er hätte sich nicht gefangen nehmen lassen, er hätte den Feind besiegt! Oder aber er wäre lieber mutig gestorben, als sich solchen Menschen zu ergeben.

Mademoiselle Brunard erzählte weiter. „Zwei lange Jahre

musste Franziskus in seinem Kerker schmachten. Kannst du dir vorstellen, wie lange zwei Jahre sind? Eines Tages schließlich bezahlte sein Vater viel Geld, um seinen Franziskus zurückzubekommen. Er kam und brachte viele Säcke mit Geld mit sich. Und so holten die Männer von Perugia Franziskus aus seinem Kerker und ließen ihn frei. Der Vater setzte ihn auf ein Pferd und ritt mit ihm nach Hause. Doch der Kerker hatte Franziskus verändert. Vorbei war es mit den wilden Festen. Nun wollte Franziskus nur noch gut sein. Aber er war traurig und krank. Er fragte sich, ob er überhaupt noch Ritter werden wollte. Doch dann zog der Heilige Papst in Italien in einen Kreuzzug. Franziskus machte sich auf den Weg. Er stieg auf sein Pferd. Er legte seine Rüstung an. Und auf ging es in die Schlacht! Doch auf dem Weg, auf einmal, er hatte gar nicht daran gedacht, da sprach plötzlich jemand zu ihm."

„Ein anderer Ritter?" Arnulf wunderte sich, was so außergewöhnlich daran sein sollte, dass jemand zu Franziskus auf dem Weg spricht. Aber Mademoiselle Brunard lächelte nur und sah ihn an.

„Nein. Es war kein Mensch, der zu Franziskus sprach. Vielleicht hatte er das zuerst auch gedacht. Aber weit und breit gab es niemanden außer ihm. Und doch sprach ihn jemand an: Franziskus, warum dienst du dem Knecht und nicht dem Herrn? Da begriff Franziskus, dass es Gott war, der ihn ansprach. Gehe zurück, sagte Gott zu ihm. Ich kann dir viel mehr geben als mein Knecht. Und so kehrte Franziskus um."

Für Arnulf wurde die Geschichte immer mysteriöser. Wie konnte ein Ritter von der Schlacht umkehren? Warum zog er nicht heldenhaft in den Kampf?

Seine Erzieherin schien die unausgesprochene Frage in seinen Augen zu lesen. „Das war nicht feige von ihm, Arnulf. Gott hatte ihm nur gesagt, dass er etwas anderes sein sollte als ein Ritter. Er sollte ein geistlicher Herr werden." Mademoiselle Brunard erzählte weiter. „Franziskus kam also nach Hause, nach Assisi. Aber er wollte jetzt nicht mehr Kaufmann werden. Er zog sich in die Einsamkeit zurück und fragte Gott, was er tun soll. Da zeigte Gott ihm eine kleine Kapelle. Er sagte: Siehst du, wie verfallen mein Haus ist? Bau es wieder auf! Und wirklich, die Kapelle war alt und kaputt. Und so fing Franziskus an, sie wiederaufzubauen. Er zog von Haus zu Haus. Er bettelte um sein Essen und um Steine und Mörtel für seine Kapelle. Es schlossen sich ihm noch andere an. Sie alle bauten für Gott die kleine Kapelle wieder auf."

„Franziskus nahm sogar Geld aus der Kasse seines Vaters. Er tat damit nichts Böses. Er gab es den Armen und er kaufte Steine und Mörtel dafür. Gehörte denn das Geld nicht genauso gut ihm wie seinem Vater? Er war doch der Sohn! Aber sein Vater wurde sehr wütend auf Franziskus. Er verklagte ihn vor hohen Leuten, vor dem Bischof Guido. In aller Öffentlichkeit fand der Prozess statt. Franziskus kam in seinen besten Kleidern, in Gold und Seide. Der Bischof fragte ihn: Dein Vater sagt, du willst ein geistlicher Herr werden. Das ist gut.

Aber du hast Schulden bei deinem Vater. Willst du das Geld zurückzahlen, das du von deinem Vater genommen hast? Franziskus sagte: Ich will alles geben. Ich will meinen ganzen Besitz abgeben und jedes Recht auf meinen Besitz. Ich werde mich nur der Braut Armut vermählen. Sogar dies gebe ich ab.

Und mit diesen Worten, ehe sich jemand versah, zog er alle seine Kleider aus. Zum Schrecken aller stand er unbekleidet da."

Arnulf kicherte. „Ganz nackt?"

Mademoiselle Brunard errötete leicht. Dann straffte sich ihr Gesicht. „Ja, ganz nackt. Die Zuschauer waren entsetzt. Die Mütter hielten ihren Töchtern die Augen zu. Der Bischof aber schützte ihn. Er legte seinen Mantel um ihn und akzeptierte seinen Wunsch, arm und für Gott zu leben. Sein Vater kapitulierte. Er hatte gewollt, dass sein Sohn Kaufmann wird wie er. Doch dieser wollte Gottesmann sein."

Die Erzieherin holte tief Luft, ehe sie fortfuhr. „Schnell sammelte Franziskus Getreue um sich, die wie er leben wollten. Eines Tages schließlich sollte wieder ein Kreuzzug stattfinden und auch Franziskus nahm an ihm teil."

„Ein geistlicher Herr als Ritter? Ich dachte, fromme Männer kämpfen nicht."
„Es gibt zwar auch geistliche Herren, die auch Ritter sind. Franziskus aber wollte nie wieder mit dem Schwert kämpfen. Er liebte alle Menschen. Er ging in das Lager des feindlichen

Sultans, um ihn zu bekehren."

„Und was hat der Sultan getan?"

„Er hätte ihn töten können. Sicher wollten das auch einige bei ihm. Aber der Sultan war von Franziskus beeindruckt. Dass dieser Mensch das wagte! Sich in seine Hand zu begeben! Er gab ihm ein Signalhorn und freies Geleit aus dem Lager hinaus."

„Hat er sich bekehrt?"

„Nein, leider nicht. Aber er hat Franziskus auch nichts getan."

In Arnulf regte sich Wut. Da kommt ein heiliger Mann mit Liebe im Herzen zu den Ungläubigen und was tun sie? Schicken ihn fort. Da war es egal, dass der Sultan Franziskus unbehelligt hatte ziehen lassen. Die Ungläubigen hatten es anscheinend nicht verdient, dass jemand aus Liebe zu ihnen geht. Arnulf nahm sich vor, dies anders zu machen.

*D*er Tag ging zur Neige. Die runden Flecken, welche die Sonne auf den Waldweg malte, wurden länger. Müde trabten die Pferde dahin. Vorne ritt Markus. Hinter ihm kam Arnulf. Links neben ihm ritt Pierre mit vor Stolz geschwellter Brust. Vor zwei Wochen war auch er Tempelritter geworden und dies war seine erste Reise in neuer Würde. Rechts neben Arnulf ritt der Ritter Jean und als Nachhut folgte Francois. Sie alle waren bereits den ganzen Tag unterwegs gewesen. Ihr Ziel war die Komturei der Templer vor den Toren von Paris. Arnulf hatte ein Lastpferd an seinem Sattel befestigt, das rechts hinter ihm trottete. Schwer lasteten die Geldsäcke auf ihm, die für die Bank der Komturei bestimmt waren.

Sie alle sehnten sich danach, ihr Ziel endlich zu erreichen. Arnulf hatte das Gefühl, er könne kaum noch die Augen aufhalten. Seiner Schätzung nach dauerte der Ritt bereits neun Stunden mit nur einer kleinen Pause zum Essen. Vor allem die Langeweile machte ihm zu schaffen. Stunde um Stunde der eintönige Schritt der Pferde, einen Huf vor den anderen, dazu das ewige Halbdunkel des dichten Waldes. Arnulf merkte, wie seine Glieder steif wurden. Wollte das denn kein Ende nehmen?

Markus dagegen war voller Aufmerksamkeit. Wie ein Hund witterte er in jede Richtung, versuchte, das undurchdringliche Gestrüpp mit seinen Blicken zu durchdringen. Er hatte schon viele solcher Transporte gemacht, deshalb hatte de Montpasson ihm den Ritt anvertraut.

Arnulf atmete tief durch. Weit konnte es nicht mehr sein. In Gedanken war er schon in der Komturei, einem warmen Abendessen, dem Gebet und Gesang zur Nacht und einem weichen Lager. „Nun, Pierre", sagte er zu seinem jungen Kameraden neben sich, „wie fühlst du dich bei den 'frommen Geldwechslern'?" Pierre wollte gerade eine lustige Bemerkung machen, da stöhnte er und sackte plötzlich in sich zusammen. Ein Pfeil hatte seine Rüstung genau zwischen Schulter und Arm durchbohrt. Nun ging alles rasend schnell.

„Schilder hoch!" schrie Markus. Sein Gesicht wurde zur Maske. Wie eine Phalanx schossen die Schilder der Ritter in die Höhe. Arnulf versuchte Pierre zu decken, der sich mühsam im Sattel hielt. Donnernd prasselte ein Wald von Pfeilen auf das Eisen nieder. Im nächsten Moment erhob sich von allen Seiten ein Geheul, als wären die Bestien der Hölle losgelassen worden und wilde Gestalten, bärtig, mit wirren langen Haaren in zerfetzten Kleidern, mit Lanzen und Stöcken, stürzten sich wie tollwütige Hunde auf die Ritter. Bestimmt zwanzig oder dreißig dieser Räuber sprangen gleichzeitig auf sie ein.

Die Ritter bildeten einen Kreis und gaben sich gegenseitig Deckung. Von nun an gab es nur gnadenloses Hauen und Stechen. Ekel würgte Arnulf, als er einen heranstürmenden Banditen durchbohrte. In immer wiederkehrenden Wellen brandeten die Banditen auf sie zu, zogen sich geschickt vor den Schwertern der Ritter zurück, griffen wieder an, wollten sie sie ermüden. Wieder und wieder versuchten sie die Lücke zu finden, um schnell die Goldsäcke an sich zu reißen. Die Ritter fochten mit stoischer Verbissenheit. Immer noch hielt sich Pierre tapfer im Sattel, sein Gesicht weiß wie Papier.

Arnulf verlor jedes Zeitgefühl. Wie lange stach, schlug und metzelte er schon um sich? Eine Stunde? Zwei Stunden? Oder gar schon einen Tag? Gab es etwas anderes in der Welt als Hiebe, Stechen, Töten? Links und rechts sanken die Schurken von seinen Schwerthieben nieder. Im Ganzen dauerte der Überfall gerade einmal zwanzig Minuten. Zwanzig Minuten, die die Ewigkeit zu sein schienen. Schließlich zogen die Räuber ab, wie sie gekommen waren. Sieben von ihnen gingen nirgendwo mehr hin. Einige stöhnten noch, aber es war klar, dass sie bald vor ihren himmlischen Richter treten würden, das irdische Gericht würde an ihnen keine Arbeit mehr haben. Markus sprang vom Pferd. Er war der einzige von ihnen, der zum Priester geweiht war. Barmherzig wollte er sich um die sterbenden Räuber kümmern, ihnen die Beichte abnehmen und sie so doch noch der Hölle entreißen. Arnulf ging auf, wie friedlich der Wald wirkte. Alles war ruhig und still. Im Geäst eines Baumes zwitscherte ein Vogel und die Sonne malte immer noch Kreise auf den Waldboden. Arnulf registrierte, dass das Gold noch da war und außer Pierre niemand von ihnen zu Schaden gekommen zu sein schien, selbst die Pferde waren unversehrt. Mitten in diese unwirkliche Szenerie schlich sich die Stimme von Francois.

„Arnulf, was ist mit Pierre?"

„Pierre? Um Himmels willen, Pierre. Lass dich ganz langsam vom Pferd gleiten. Wir müssen nach deiner Wunde sehen."

Arnulf tippte Pierre leicht an. Der wankte von dem Stoß zur Seite und fiel ohne jeden Widerstand vom Pferd auf den Rücken. Die Arme ausgebreitet mit starren, unbeweglichen Augen und halboffenem Mund lag er da, das Gesicht wächsern bleich. Francois sprang vom Pferd auf Pierre zu, riss ihm den Brustpanzer vom Leib und legte sein Ohr auf das Herz von Pierre. Nach einer Sekunde blickte er Arnulf an, sein stummer Gesichtsausdruck sprach für sich selbst. Sanft drückte er Pierre die Augen zu und schloss ihm seinen Mund. Ein riesiger Blutfleck bedeckte Pierres Brust und bildete unter ihm eine Lache.

Arnulf beobachtete alles wie betäubt. Da erfasste ihn eine ungeheure Wut. „Nein, Pierre, ihr elenden Schweine!" Er gab seinem Pferd die Sporen und wollte wie von Sinnen in den Wald stürmen, den Räubern hinterher. Doch das Pferd scheute, es wollte nicht in das Gestrüpp, das hier noch aus wilden Brombeeren bestand. Arnulf sprang aus dem Sattel und wollte zu Fuß in das Dickicht.

Markus schrie auf. „Ja ist der denn ... Arnulf, bist du verrückt geworden? Jean, Francois, haltet ihn auf!"

Vier Hände griffen nach ihm, umklammerten seine Füße, dass er in die Dornen fiel, er spürte es nicht.

„Lasst mich los! Sie haben Pierre umgebracht! Diese Schweine!"

Wie Eisenzwingen umklammerten die Hände der anderen beiden Ritter Arnulfs Beine und ließen ihn toben. Markus trat zu ihm und richtete ihn auf, schüttelte ihn, gab ihm links und rechts eine schallende Ohrfeige. Sein Gesicht tauchte wie aus einem Nebel in Arnulfs Kopf auf.

„Arnulf, komm zu dir! Bruder, willst du dich umbringen? Komm zu dir!"
„Markus, sie haben Pierre umgebracht! Diese Schweine!"
„Arnulf, ich weiß. Er ist jetzt im Paradies bei Gott. Er ist in einem gerechten Kampf gefallen. Arnulf, komm zu dir! Das hier ist kein Krieg! Das war ein einfacher Überfall! Das waren Räuber, Banditen, keine heidnischen Horden!"
„Einfacher Überfall! Wegen des Geldes anderer Leute musste Pierre sterben! Wir wollen im Kampf für den Glauben unser Leben geben, nicht für Wuchergeld!"

Markus blickte Arnulf scharf an. „Bruder, komm zu dir! Du weißt jetzt nicht, was du sagst."

Er wendete sich wieder den sterbenden Räubern zu. Einem Mann mit bereits glasigen Augen sagte er: „Du hast einen geistlichen Herren umgebracht, einen Diener unseres Herrn Jesus Christus, und das wegen Gold! Willst du wirklich als der schlimmste aller Mörder vor Gott treten?" Der Mann brachte nur noch ein kaum merkliches Kopfschütteln zustande. „So spreche ich dich von deiner Schuld los, te absoluto!" Markus machte das Kreuzzeichen. Der Mann merkte es bereits nicht mehr.

Arnulf beobachtete alles unbewegt. Er sah zu seinem Schwert, das er immer noch in der Hand hielt. Leise tropfte das Blut vom Kampf von der Spitze herab und bildete auf dem Boden eine kleine Lache, vermischte sich mit der Erde des Waldes. Gedankenverloren steckte Arnulf es in die Scheide. Plötzlich wandte er sich von Weinkrämpfen geschüttelt von den anderen ab.

*D*ie Gattin des Marquis de Louisfort blickte Arnulf an. „Warum so gedankenverloren, Herr Ritter? Ist das Ihre Art von Galanterie gegenüber einer Dame?"

„Verzeiht, Madame. Ich bin in Gedanken immer noch bei meinem Mitbruder, der von den Räubern getötet worden ist."

Gerade einmal siebzehn Jahre alt war Pierre geworden. Er war über die Maßen begabt gewesen, schneller als all die anderen Ritter geworden. Und nun war er tot, verblutet durch die Hand von Strauchdieben. Sie hatten seinen Leichnam in seinen Mantel gewickelt und auf sein Pferd geschnürt. Die Leichen der Räuber hatten sie sich selbst überlassen, nachdem alle gestorben waren. Pierre wurde in die Komturei gebracht und wenige Stunden später mit einer großen Trauerprozession beigesetzt, in seiner Rüstung, mit seinem Schwert in den gefalteten Händen.

Boten brachten seiner Familie die Nachricht, dass er im Kampf gefallen war. Es hieß, er sei für den Glauben gestorben. Doch war es wirklich für den Glauben, das Geld fremder Leute mit dem eigenen Blut zu verteidigen? Den Räubern war es nur um die Goldsäcke gegangen. Hätten sie sie herausgegeben, könnte Pierre vielleicht noch leben. So war nun von dem ihnen anvertrauten Geld kein Centime verloren gegangen, Pierre jedoch lag in einem frischen Grab in der Komturei von Paris.

Arnulf schüttelte diese Gedanken ab und wandte sich seiner

Gastgeberin zu.

„Madame, wir sind Euch und Eurem Gemahl überaus zu Dank verpflichtet, dass Ihr uns so gastlich aufnehmt. Eine solche Ehre wird uns nicht oft zuteil."
„Aber Herr Ritter. Wer wird denn solch starken und geistlichen Herren wie Euch die Gastfreundschaft verwehren?"

Arnulf war die kokette Sprache der Marquise unangenehm. Er wollte nicht länger mit ihr allein sein. Arnulf bemerkte zum ersten Mal die langen Wimpern der Marquise und ihre überaus gepflegte und schöne Erscheinung. Als sie seinen Blick bemerkte, schlug sie die Augen in einer Art nieder, die sein Blut in Wallung brachte. „Ich muss dringend weg von dieser Frau", dachte Arnulf. „Was will sie überhaupt von mir? Warum geht sie mit mir alleine an das Ende des Gartens, wo ein kleines Wäldchen uns vor den Blicken der anderen verbirgt?"

Fröhlich wie ein kleines Mädchen war die Marquise ihm vorausgelaufen. „Kommt doch, Herr Ritter, so kommt doch. Dort hinten, das herrliche Plätzchen in meinem Garten, das möchte ich Euch unbedingt zeigen. So muss der Garten Eden ausgesehen haben."

Konnte sie sich nicht denken, dass es für die Ehre einer Dame – und für die seine – nicht zuträglich war, wenn sie sich alleine mit einem Mann so weit von den anderen entfernte? Was sollte er sagen, wenn ihr Gemahl ihm vorwerfen würde, sie kompromittiert zu haben?

In Gedanken schalt sich Arnulf einen Narren, dass er sich darauf eingelassen hatte. Laut sagte er: „Madame, lasst uns zurückgehen. Euer Gemahl wird sich sonst Sorgen um Euch machen."

„Aber Herr Ritter, was sollte mir hier denn passieren, in meinem eigenen Garten und mit Euch als meinem Beschützer? Wollt Ihr nicht doch noch eine Winzigkeit bleiben? Ich wollte Euch noch so viel zeigen."

Schon wieder dieser kokette Augenaufschlag. Arnulf drehte sich wortlos um und ging in Richtung des Herrenhauses.

„Nun, vielleicht werden die anderen Herren Ritter einer Dame Gesellschaft leisten, die selten Gelegenheit zu etwas Kurzweil hat... und selten so abwechslungsreichen Zeitvertreib." Mit einem Seitenblick bemerkte Arnulf den schmollenden Gesichtsausdruck der Frau, doch ihre Lippen umspielte ein feines Lächeln.

Als sie das Haus erreicht hatten, atmete Arnulf tief durch. Er würde jetzt für gebührenden Abstand zwischen sich und der Marquise sorgen.

„Herr Ritter, Eurem Mitbruder behagte meine Gesellschaft leider nicht so, wie die seine mir." Die Dame wandte sich an Markus. „Aber Euch darf ich doch noch meinen Garten zeigen?" Sie ergriff seine Hand und zog ihn zu dem kleinen Hain. Arnulf sah der fröhlich hüpfenden Gestalt nach, die Markus hinter sich herzog.

„Wie ein Reh. Meine Frau hüpft wie ein junges Mädchen."
Lächelnd sah der Marquis Arnulf an. Er war kräftig mit derben
Gesichtszügen und deutlich älter als seine Gattin. „Ich mag es,
wenn sie sich so freut. Sie langweilt sich so sehr. Wisst Ihr, zu
uns verirrt sich selten jemand. Meist ist sie allein, die Arme."

„Ja, Eure Gemahlin liebt die Gesellschaft von Rittern." Arnulf
blickte den Marquis an. Doch diesem schien die Spitze in
Arnulfs Worten entgangen zu sein. Arnulf hoffte, dass Markus
auf sich aufpasst. Er hatte ihm noch eine Warnung zuraunen
wollen, doch er war nur zu bereitwillig mit der Frau
fortgelaufen. Wer würde denn auch hinter ihrem ehrbaren
Wesen etwas Schlimmes vermuten? Oder bildete sich Arnulf
das alles nur ein? Gaukelte ihm sein sündiges Fleisch etwas
vor, das es gar nicht gab?

„Kommt doch ins Haus, Herr Ritter. Nehmen wir eine kleine
Erfrischung zu uns, bis meine Frau Eurem Mitbruder all
unseren Besitz gezeigt hat."

Arnulf wunderte sich über die Unbedarftheit des Marquis.
Machte es ihm überhaupt nichts aus, dass seine Frau mit einem
fremden Mann alleine war? Doch dann beruhigte er sich.
„Schäm dich für deine Gedanken", schalt er sich. War die
Gelassenheit des Marquis nicht der beste Beweis, dass alles nur
seiner schmutzigen Fantasie entsprang? Welcher Gemahl wäre
ruhig geblieben, wenn er sich der Ehrbarkeit seiner Gattin nicht
absolut sicher ist?

Im Haus eilten Diener auf die beiden Herren zu und nahmen ihnen die Umhänge ab. Marquis de Louisfort geleitete seinen Gast zu Sitzpolstern vor dem Kamin. Dort saßen Francois und Jean und unterhielten sich angeregt mit dem halbwüchsigen Sohn der Familie. Auf dem Tisch stand etwas Gebäck und eine Karaffe mit Rotwein, davor Gläser, sodass die Herrschaften sich bedienen konnten. Der Marquis reichte Arnulf ein gefülltes Glas und sie nahmen Platz.

„Leider habt Ihr ja etwas Trauriges erlebt. Ihr seid mit Euren Gedanken sicherlich noch bei Eurem Mitbruder, den diese Strauchdiebe umbrachten."

„Ja, das stimmt, Eure Hoheit."

„Aber es ist doch auch die Erfüllung Eurer Mission, für den Glauben zu sterben."

„Für einen Tempelritter ist es immer erstrebenswert, die Krone des Märtyrers zu erlangen", antwortete Arnulf diplomatisch.

„Der Ruf Eures Ordens ist bereits legendär. Man sagt, Ihr habt nicht einen Centime von dem Geld verloren, das Euch anvertraut wurde."

„Bis jetzt hat es Gott so gegeben."

„Man sagt auch, Euer Orden sei jetzt unermesslich reich. Wie schafft Ihr das, reich zu sein und doch arm zu leben?"

„Als geistliche Herren, Marquis, befleißigen wir uns einer strengen Weltflucht. Die Freuden dieser Welt interessieren uns nicht, wir blicken auf die kommende."

„Ach, Herr Ritter, das ist doch schöner Schein. Wollt Ihr sagen, Ihr habt niemals von den Freuden gekostet, die Geld Euch ermöglichen könnten?"

„Hoheit, wir haben uns dem Kampf gegen die Ungläubigen verschrieben. Dafür wird das Geld verwendet. Wir würden uns an Gott versündigen, wenn wir für uns selbst mehr nehmen würden, als für unseren Unterhalt nötig ist."

„Aber Ihr kämpft doch nicht mehr gegen Ungläubige. Das Heilige Land ist fest in der Hand der Sarazenen, und keiner denkt daran, es ihnen wieder abzunehmen."

Der Marquis lachte lauthals auf und klopfte Arnulf derb auf die Schulter.

„Ihr seid mir der Richtige, Herr Ritter. Ihr habt die Taschen voller Gold, doch überlasst es nur anderen. Alle Achtung."

Der Marquis entfernte sich. Arnulf wurde es immer unbehaglicher. Was sollte dieses anmaßende Geschwätz? Weshalb zweifelte de Louisfort daran, dass die Templer ihren Reichtum nicht für sich verwendeten? Was ging es ihn überhaupt an, wie viel Geld der Orden besaß? Mussten das nicht sie vor Gott verantworten?

Während er so versonnen dasaß, fiel Arnulf plötzlich auf, dass Markus immer noch nicht da war. Wie lange mochte er jetzt mit der Marquise den Garten besichtigen? Arnulf blickte auf die Stundenkerze, die in einer Ecke des Raumes brannte. Wann hatte er sich hier hingesetzt? Mittlerweile mussten fast zwei Stunden vergangen sein.

Arnulf griff nach einem Stück Gebäck und steckte es in den

Mund. Zwei Stunden – was zeigte die Marquise Markus zwei Stunden? In einem Garten, in dem es nicht so große Sehenswürdigkeiten gab!

In Gedanken versunken kaute Arnulf das salzige Plätzchen und trank einen kleinen Schluck Wein.

Wieder schlichen sich ihm die Gedanken an das kokette Auftreten der Marquise in sein Hirn, die Andeutungen des Marquis, seine Worte von dem Reichtum der Templer, seine scheinbare Sorglosigkeit gegenüber seiner Frau im Umgang mit ledigen Männern. Was hatte das alles zu bedeuten?

Arnulf wusste zu gut, dass manche Mönche das Gelübde der Enthaltsamkeit nicht so genau nahmen. Man gönnte sich ein kleines lustvolles Vergnügen und ging hinterher reumütig zur Beichte. Wenn das nicht zu oft vorkam und der Bruder ansonsten keine Schwierigkeiten machte, wurde das nicht als allzu schlimm angesehen. Schließlich war auch ein Mönch Mann und Sünder. Aber Markus? Ihm würde Arnulf das nicht zutrauen.

Stimmt, Markus war kein Kind von Traurigkeit – aber gleich der Bruch seines heiligen Gelübdes? Und die Marquise? Was sollte ihr seltsames Verhalten? War sie wirklich auf wollüstige Abenteuer aus? Oder einfach nur unbedacht aufgrund der Langeweile des Lebens in ihrem Schloss?

Mit einer Handbewegung wischte Arnulf diese Gedanken weg. Man musste nicht gleich an das Schlimmste denken, sicherlich war alles ganz harmlos. Arnulf sprach weiter dem Gebäck zu und lauschte der Unterhaltung von Francois und Jean mit dem Sohn des Hauses. Dieser berichtete gerade, wie er auf einer Jagd zum Gelächter aller den Hasen verfehlt, aber leider den armen Hund des Nachbarn mit einem sauberen Blattschuss erlegt hatte. Bis auf den Besitzer des edlen Tieres hatten alle spöttisch seine Schießkunst bewundert. Der junge Mann wirkte nicht so, als gehe ihm dieser Vorfall sehr zu Herzen. Er selbst lachte am lautesten, als er das Gesicht des Nachbarn nachzumachen versuchte, als dieser das tote Tier auf die Arme nahm. Seine Schilderung endete mit den Worten, dass sein Vater und er von da an leider nur alleine jagen würden.

Wieder blickte Arnulf auf die Stundenkerze. Schon fast zweieinhalb Stunden war Markus mit der Dame des Hauses fort. Arnulf nahm sich vor, ihn vorsichtig darauf anzusprechen. Wie konnte man Lästermäulern so einen Anlass zum Tratsch geben! Was sollten die Leute denken, wenn ein stattlicher geistlicher Herr mit einer hübschen Dame mehrere Stunden alleine ist? Selbst die wohlwollendste Seele würde hier ungute Gedanken hegen.

Auf einmal hörte Arnulf Stimmen. Er erkannte Markus und Madame de Louisfort, die fröhlich schwatzend das Haus betraten. Markus führte die Dame am Arm, als sie das Kaminzimmer betraten. Auch Marquis des Louisfort kam hinzu. Markus geleitete seine Frau zu ihm und verneigte sich leicht.

„Hier habt Ihr Eure reizende Gemahlin wieder, Hoheit. Sie wollte mich gar nicht lassen, bis sie mir die entlegensten Winkel Eures entzückenden Gartens gezeigt hatte. Ihr habt hier wirklich etwas Fantastisches geschaffen. So muss der Garten Eden mit all seinen Freuden gewesen sein, als unsere Urmutter und unser Urvater in ihrer Unschuld darin wandelten."

Der Marquis lachte und wandte sich an seine Gattin. „Hast du dich gut amüsiert, mein Herz, und unseren Herrn Ritter gut unterhalten? Na, das freut mich."

Irgendetwas an dem Gesichtsausdruck von Markus und der Marquise gefiel Arnulf nicht. Beide umspielte das gleiche verschmitzte Lächeln. Aber was ihn noch mehr schockierte, war der Marquis selbst. Er zeigte das gleiche wissende Lächeln und schien sich überhaupt nicht daran zu stören, wie Markus und seine Gemahlin hier hereintraten. Kein Wort über die lange Abwesenheit.

Böse Gedanken erfassten Arnulf. Es war Markus Vorschlag gewesen, dass sie auf der Rückreise hier zwei bis drei Tage Rast machen. Nach dem tragischen Tod von Pierre hätten sie sich Erholung verdient und das Ehepaar de Louisfort habe ihnen ihre Gastfreundschaft zugesichert, wann immer sie in diese Gegend kamen. Jean und Francois hatten nichts erwidert, nur genickt und versonnen geschmunzelt.

Arnulf überlegte weiter – hatte sich Markus für diesen Transport nicht freiwillig gemeldet? Normalerweise hätte ihn ein anderer Bruder für ihn angeführt. Nun gut, Markus war erfahren, deshalb hatte de Montpasson ihm vertraut. Er hatte noch nie etwas von dem Geld verloren, das man ihm anvertraute, obwohl er schon Dutzende Überfälle erlebt hatte. Doch hatten seine Bereitschaft und die Rast hier vielleicht einen ganz anderen Grund? Arnulf nahm sich vor, bei der ersten Gelegenheit mit Markus zu reden.

*D*er Festlärm hallte durch die ganze Burg. In dem großen Saal drängten sich ausgelassene Gäste. Gaukler und Spieler sorgten für Unterhaltung. Der Tisch bog sich vor Fleisch, Gebäck und frischem Obst und alle sprachen reichlich dem schweren Wein zu, der serviert wurde.

Arnulf saß neben seinem Vater. Der Neunjährige war wieder in die heimatliche Burg zurückgekehrt. Doch das Leben hier erschien ihm merkwürdig fremd. Er sehnte sich nach der ruhigen Weisheit und Würde seiner Erzieherin.

Sein Vater meinte, es sei für den Jungen jetzt langsam an der Zeit, in die Welt der Männer einzutreten. Seit Arnulfs Rückkehr war keine Woche vergangen, in der er nicht an einer Jagd teilnahm. Dazu kam ein Gelage nach dem anderen.

Auch heute hatte der Vater wieder Burgherren mit ihren Frauen eingeladen. Bis zum Morgengrauen würden sich die Gäste amüsieren.

Arnulf gefielen diese Feste nicht. Damen und Herren waren ausgelassen bis zur Schlüpfrigkeit. Besonders nach einigen Gläsern Wein schienen viele Hemmungen zu fallen.

Die Gaukler waren leicht bekleidet bis zur Schamgrenze. Selbst die Tänzerinnen trugen Kleidung, wie man sie sonst nicht einmal bei Huren sah.

Die hohen Herrschaften verhielten sich in keinster Weise vornehm. Sie kokettierten und flirteten, dass sich Arnulf fragte, was wohl geschehen mochte, wenn das dem gemeinen Volk bekannt würde.

Sein Vater erhob sich mit vom Wein geröteten Gesicht. Mit seiner durchdringenden Stimme rief er in die Gesellschaft hinein: „Verehrte Gäste, ruhe bitte. Wir wollen etwas spielen. Ich bitte um Vorschläge. Was wollt Ihr spielen?"

„La main chaude", „la main chaude", hallte es aus mehreren Ecken.

Arnulf ächzte auf. Er wollte am liebsten im Erdboden versinken. Hoffentlich kam niemand auf die Idee, ihn zum Spiel zu bitten. Betont gleichgültig stand er da und versuchte leise, sich in den Schatten einer Säule zu drücken. Doch sein Vater suchte ihn gar nicht.

Langsam ließ er die Augen im Kreis der Gäste umherschweifen, überall herrschte Stille. Schließlich lächelte der Ritter.

„*Ich* werde das erste Spiel machen." Zustimmendes Gejohle allerorten. „Welche Dame macht das erste Spiel?"

Eine ziemlich untersetzte Dame kam mit breitem Grinsen auf ihn zu. Derbes Gelächter und Applaus begleiteten sie.

Die Dame setzte sich auf einen Stuhl und Arnulfs Vater kniete sich vor sie hin. Langsam legte er seinen Kopf auf ihren Schoß, den sie sofort zu streicheln begann. Leise schlichen mehrere Gäste heran und stellten sich im Kreis hinter de Courand auf.

Plötzlich schlüpfte ein Mann nach vorne und ließ mit lautem Klatschen seine Hand auf das Gesäß de Courands niedersausen. Ehe dieser sich umwenden konnte, war der Täter wieder in den Kreis der Umstehenden entwischt.

Robert de Courand drehte sich um und beschuldigte eine ebenfalls gut beleibte Dame. Grölendes Gelächter quittierte seinen Fehlversuch. Der Reihe nach ging der Ritter die Umstehenden durch, immer von Lachen begleitet. Erst ganz zum Schluss kam er auf den wahren Täter, ein schmächtiger Ritter mit jungenhaftem Aussehen, der kaum zwanzig Jahre zählen mochte.

Robert de Courand ging auf seinen Sohn zu. „Nun Arnulf, möchtest du dich nicht zu uns gesellen?"

Arnulf schluckte. „Ich möchte lieber noch etwas hier stehen bleiben, Vater." Er hoffte inniglich, der Vater würde es ihm gewähren.

Robert de Courand lachte. „Der Junge ist von seiner Dame zu fein erzogen worden. Wird Zeit, dass du das wahre Leben kennenlernst, mein Sohn." Doch er wandte sich ab und wieder seinen Gästen zu.

Arnulf atmete tief durch. Wie sollte er dies alles noch länger ertragen? Selbst seine Mutter tobte ausgelassen umher wie eine Furie ohne jeden Anstand. Jeder flirtete mit jedem, die Ehefrauen im Beisein ihrer Gatten mit Männern, die ihre Söhne hätten sein können. Niemand schien sich um irgendwelche

Konventionen zu kümmern, die sonst das Leben bis ins Kleinste regelten.

„Mutter, Vater, wie könnt Ihr nur?" Diese Frage drehte sich wie eine endlose Schleife in Arnulfs Kopf. Sehnsüchtig dachte er an seine Erzieherin. Zuerst hatte ihm die Sehnsucht nach seiner Mutter das Herz aus dem Leib gerissen, doch jetzt wünschte er sich zu ihr. Wie anders war sie doch als diese Menschen. Rein, gottesfürchtig, edel, gütig. Nie hätte sie sich solchen Lustbarkeiten hingegeben.

Das bunte Treiben zog sich bis in den frühen Morgen. Müde schleppte sich Arnulf in sein Bett und wünschte sich nichts sehnlicher als nie wieder ein solches Fest zu erleben.

Sie machten es sich im Schatten unter einer ausladenden Eiche bequem. Die Pferde grasten in der Nähe. Die Ritter setzten sich und breiteten auf einem Tuch ihre Vorräte aus. Marquis de Louisfort hatte zum Abschied großzügig seine Vorratskammern geöffnet und den Rittern feinste Köstlichkeiten aufgenötigt. Vor ihnen lag saftiger Kapaun, Wachteln, feines Gebäck und ein Schlauch mit dem edelsten aller Rotweine. Markus verteilte Becher.

Die Mönche dankten Gott für die Gaben und langten kräftig zu. Sie waren bereits sieben Stunden auf dem Rückweg zu ihrer Komturei, gegen Abend wollten sie zu Hause sein.

Arnulf kaute und schaute dabei Markus an. In ihm arbeitete es. Wann sollte er Markus fragen, was im Garten gewesen war? Markus blickte wortlos vor sich hin.

Arnulf fasste Mut und fragte: „Markus, was wollte die Marquise eigentlich von dir? Ihr wart so lange fort."

Markus hörte einen Moment auf zu kauen. Dann sagte er ohne aufzublicken: „Sie hat mir halt den Garten gezeigt. Jede Pflanze und jeden Baum. Warum fragst du?"

„Ihr wart über zweieinhalb Stunden fort."

„Kontrollierst du mich jetzt? Was soll das?" Markus blickte auf und seine Augen funkelten. Arnulf fühlte sich ungemütlich. Er wollte den Freund nicht beleidigen.

„Was würdest du sagen, wenn ich mit einer Dame über zwei

Stunden alleine bin."

„Überhaupt nichts würde ich sagen. Warum auch? Spazieren gehen wird in den Regeln unseres Ordens nicht untersagt."

„Aber es wird untersagt, Anlass zum Tratsch zu bieten. Und wenn ein Mönch so lange mit einer Dame..."

„Und? Was willst du überhaupt sagen? Worauf willst du hinaus?"

„Dass man das gewaltig missverstehen könnte. Nicht jeder kennt die Ehrbarkeit..."

„Das wird ja immer schöner. Bin ich dir gegenüber für mein Tun verantwortlich? Muss ich mich vor dir rechtfertigen?"

„Ich sage doch nur, dass man es missverstehen kann. Ich bin so schnell wie möglich mit der Frau Marquise zurückgekommen, damit niemand etwas Falsches denkt. Ich wollte sie auch nicht kompromittieren."

„Was heißt hier kompromittieren? Ich bin geweihter Mönch und Priester. Wie kann ich eine Dame kompromittieren? Sag endlich, was du willst!"

„Was würdest du sagen, wenn ein Pater unserer Brüder, der Benediktiner oder Zisterzienser, über zwei Stunden mit einer anmutigen Dame durch ihren Garten wandert, wo sie niemand sieht?"

„Ich würde denken, er hat ihr wahrscheinlich die Beichte abgenommen. Was bitte sollte ich denn sonst denken?"

„Zweieinhalb Stunden lang?"

„Vielleicht hat die Dame ja ein besonders zartes Gewissen und braucht solange, um sich auszusprechen. Soll ihr jeder dabei zuhören?"

Arnulf wusste nicht, was er sagen sollte. Er schaute seine anderen Mitbrüder an. Doch Francois und Jean blickten mit demonstrativ ausdruckslosem Gesicht vor sich hin und aßen stumm ihr Mahl. Sie taten, als hörten sie nichts von ihrem Streitgespräch.

Markus blickte Arnulf streng an. „Bruder, mein Sohn, was hast du für Gedanken? Wenn du weiterhin dem Fleisch so Raum gibst, wird das Folgen haben."

Arnulf spürte, wie ihm das Blut ins Gesicht schoss. In seinen Schläfen begann es zu pochen. Der Geschmack des Bratens in seinem Mund wurde bitter.

„Arnulf ich warne dich. Gib dem bösen Feind nicht nach. Du bist noch jung. Fliehe die Sünden der Jugend."

In Arnulfs Kopf wurde das Rauschen des Blutes immer stärker. Was war das jetzt? Wie sollte er darauf reagieren?

„Was hast denn du mit der Marquise im Garten gemacht? Du bist kein Priester, du kannst ihr nicht die Beichte abgenommen haben."

Arnulfs Kehle wurde trocken. Mühsam quetschte er hervor. „Ich schwöre bei Gott, dass ich mich sittsam und ehrbar und nach meinem Gelübde der Keuschheit verhalten habe. Deshalb bin ich schnell wieder mit der Marquise zum Haus zurückgekommen."

„Ihr wart immerhin über dreißig Minuten fort. Aber gut. Ich

glaube dir. Doch bedenke, dass Gott unser Richter ist. Wenn du etwas zu beichten hast, sprich mich an."

Arnulf bemühte sich, ruhig zu bleiben. Das ist ein starkes Stück, dachte er. Er wusste, er hatte sich nichts vorzuwerfen. Aber er nahm Markus die priesterliche Sorge um ihn nicht ab.

Markus stand auf. „Doch jetzt lasst uns weiterziehen. Wir haben schon viel zu viel Zeit vertändelt. Wir wollten doch heute vor Sonnenuntergang zu Hause sein. Ich freue mich schon auf meine gemütliche Zelle mit der harten Matratze."

In Markus Augen blitzte der alte Schalk. Irgendwie schien er Arnulf sagen zu wollen: Nichts für ungut, Bruder, nimm es nicht so schwer. Doch Arnulf wollte das nicht auf sich sitzen lassen. Gott ist mein Richter? Sehr richtig, mein Vater, doch das gilt genauso für dich!

Sehr nachdenklich stieg Arnulf auf sein Pferd und schloss sich den anderen an.

*D*as Leben in der Komturei nahm seinen gewohnten, ruhigen Gang. Nichts erinnerte mehr an Pierre. Er war ein Märtyrer und eigentlich war das für sie alle das Lebensziel. Seine Stelle wurde von einem anderen Bruder eingenommen.

Markus hatte gleich nach ihrer Ankunft de Montpasson aufgesucht. Danach durfte er drei Wochen nicht mehr an den gemeinsamen Mahlzeiten teilnehmen. Arnulf zwang sich, nicht nach dem Grund zu fragen.

Jeden Tag arbeitete er in der Bank. Zählte Geld, stellte Verträge aus, zahlte Geld aus, schlug sich mit säumigen Schuldnern herum, hörte sich ihre Beschimpfungen an und schluckte seinen Ärger hinunter.

In regelmäßigen Abständen wurde die tägliche Routine von Wehrübungen unterbrochen, bei denen Arnulf sich immer öfter fragte, wofür sie dienten. Sollten sie ihre Goldtransporte absichern? Wo bitte kämpften die Templer für den Glauben, wie sie es gelobt hatten?

Heute war nachmittags unvermittelt der Abt einer benachbarten Komturei aufgetaucht. Arnulf hatte dem weißhaarigen Mann mit dem hageren, asketischen Gesicht die Tür geöffnet.

„Wo ist euer Abt, mein Sohn?" hatte er gefragt und sich sofort zu de Montpasson führen lassen. Jetzt liefen die beiden durch das Anwesen der Komturei und schienen in ein hitziges Gespräch verwickelt zu sein.

Später hatte Arnulf im Garten zu tun. Als er die Kräuter wässerte, hörte er de Montpassons Bassstimme sagen: „Und ich sage dir, Richard, du siehst Gespenster. Warum sollte ihre allerchristlichste Majestät dies tun wollen?" Der andere Abt schien hitzig zu antworten, doch seine Worte waren nicht zu verstehen, dann entfernten sich die Männer und Arnulf hörte nichts mehr.

Es war nicht seine Gewohnheit zu lauschen, aber die zufällig aufgeschnappten Worte gingen ihm nicht mehr aus dem Sinn. Was wurde da besprochen? Was hatte ihre allerchristlichste Majestät, wohl der König von Frankreich, angeblich vor?

Vielleicht wollte der König eine neue Klostersteuer erheben, zum Beispiel auf Geldgeschäfte. Unwillkürlich musste Arnulf grinsen. Der König war ein Großkunde der Templer, vor allem ihrer Kredite. Wie fast alle Herrscher lebte er gerne über seine Verhältnisse. Wenn sie ihm nicht ständig mit Geld aushelfen würden, wäre Philipp der Schöne schon längst völlig bankrott. Die Zinsen verschlangen bestimmt einen Großteil des Staatshaushalts. Arnulfs Grinsen wurde breiter. Von manchen Monarchen erzählte man sich, dass die Lieferanten nur noch gegen Vorkasse lieferten, weil sie sonst nie ihr Geld sahen, was für eine unwürdige Situation! Bis jetzt hatte Philipp dank der Templer diese Schmach abwenden können, doch wie lange noch?

Arnulf beschloss bei sich, dass der König sich wohl einen Teil des Geldes über irgendeine Steuer zurückholen wollte. Ganz schön geschickt. Er schröpft die Templer und bezahlt mit dem eingenommenen Geld seine Schulden bei ihnen. Nun ja, dann würde ihnen das Geld sowieso bleiben. Mehr wäre eh nicht zu holen, höchstens würde Philipp neue Darlehen wollen und wie wollte man die einem König abschlagen?

Wenig später sah Arnulf den anderen Abt mit wehendem Umhang aus dem Garten eilen. Sein Gesicht wirkte noch strenger und hagerer. Kurz darauf trat de Montpasson langsam auf Arnulf zu. Arnulf hatte ihn gar nicht kommen hören und erschrak fast, als er den überaus müden Gesichtsausdruck des Abtes sah.

„Nun, mein Sohn, hast du heute Dienst im Garten?"
„Ja, Vater, die Kräuter sind sehr klein durch die Trockenheit. Man müsste sie öfter gießen."

De Montpasson klopfte Arnulf auf die Schulter und wandte sich ab. Arnulf biss sich auf die Lippen. „Schlechte Neuigkeiten, mein Vater?", fragte er. De Montpasson drehte sich zu ihm um und schaute ihn fragend an.

„Ich habe zufällig einige Eurer Worte gehört, als Ihr Euch mit dem anderen Vater unterhalten habt."

De Montpasson winkte ab. „Ach, das übliche Geschwätz. Richard ist ein meisterhafter Schwarzseher. Das kenne ich schon. Da ist nie was dahinter." Doch sein Tonfall passte nicht zu seinen Worten.

Meine Güte, wie viel will der König bloß erheben, dachte Arnulf, als de Montpasson sich fast gebeugt und schlurfend von ihm entfernte. Arnulf schüttelte den Kopf und wandte sich wieder dem Kräutergarten zu. Er zupfte vorsichtig gelbe Blätter aus dem Rosmarin und pflückte Thymianblätter für die Küche. Die Gewürze waren willkommene Geschmacksverbesserer für das ansonsten recht karge Essen der Mönche.

Später fand er de Montpasson in der kleinen Kapelle auf den Knien. Der Abt war so im Gebet versunken, dass er Arnulf gar nicht bemerkte, der neue Blumen vor den Altar stellte. Wieder musste Arnulf den Kopf schütteln. Es sah dem Abt gar nicht ähnlich, dass er sich von etwas so aus der Fassung bringen lässt. Doch dann schalt sich Arnulf einen Narren. Ich sehe immer gleich Gespenster, dachte er. Wahrscheinlich ist de Montpasson einfach ein wenig müde, weil er den anderen aufgeregten Vater beruhigen musste. Vielleicht betete er, dass dieser doch ein wenig gelassener werden möge.

Um seine Zukunft machte sich Arnulf keine Sorgen. Sollte der König doch neue Steuern für sie erheben. Was brauchte er schon? Er hatte Armut und Keuschheit gelobt, sein Leben war spartanisch, man konnte ihm nichts mehr wegnehmen, sein bisschen Lebensunterhalt blieb ihm immer. Und sollten sie erst einmal wieder gegen die Ungläubigen kämpfen, da war sich Arnulf sicher, würde der König ganz anders mit ihnen umgehen. Die Armee der Templer war billiger und besser als jede andere Truppe, die man um teures Geld anwerben musste.

*A*rnulfs Vater lief erregt von einer Wand des Raumes zur anderen. „Nein, Arnulf! Das darf nicht wahr sein! Das kannst du mir nicht antun!" Die Augen weit aufgerissen und vor Erregung heiser fuchtelte er mit seinen Armen vor seinem ältesten Sohn herum.

„Du bist gerade fünfzehn. Wie bist du nur auf einen solchen Gedanken gekommen?"
„Viele entscheiden sich viel früher, Vater."
„Ach papperlapapp. Die meisten im Kloster wurden einfach abgeschoben. Die Eltern haben gelobt, ein Kind Gott zu geben, und eines muss dran glauben. Deine Mutter und ich haben so etwas nie gemacht."
„Gott ruft mich, Vater. Ich weiß es genau."
„Woher weißt du das?
„Ich weiß es einfach."
„So so, und das habe ich dann zu glauben?"
„Mein Entschluss steht fest, Vater."
„Und wie ist es damit, deinen Eltern zu gehorchen? Wir möchten nicht, dass du ein geistlicher Herr wirst!"
„Man muss Gott mehr gehorchen, Vater."
„Ach, und das sagst du so einfach! Wer bist du? Der ehebrecherische Papst in Avignon? Der auch immer behauptet, alleine die Wahrheit zu wissen?"

Arnulf biss sich auf die Zunge und schluckte eine hitzige Antwort hinunter. Ehebrecherischer Papst! So von dem Heiligen Vater zu reden, sein Vater hatte es wirklich nötig!

Arnulf dachte an die vielen Feste mit all den Ausschweifungen, die er in den vergangenen Jahren miterleben musste, ihm wurde fast übel.

„Kennst du die Geschichte von dem heiligen Franziskus, Vater? Auch sein Vater, ein wohlhabender Kaufmann, wollte nicht, dass Franziskus sich Gott weiht. Er...“

„Ach, du bist also ein Heiliger?“ Arnulfs Vater spie diese Worte fast aus, er blickte seinen Sohn spöttisch an.

„Ein Heiliger bist du? Soll ich dir huldigen? Dir Gaben bringen?“

Er begann, wieder im Raum umherzulaufen. Ruckartig drehte er sich zu Arnulf um. Seine Stimme schnitt vor Zynismus.

„Willst du dich auch in aller Öffentlichkeit entblößen, damit der Bischof dich unter seinen Mantel nimmt und dir vielleicht einen zärtlichen Kuss gibt? Ist es das, was du willst?“

Arnulf wurde weiß vor Wut, doch er beherrschte sich. Er dämpfte seine Stimme.

„Vater, das einzige, was ich möchte, ist Gott mit meinem ganzen Leben dienen. Ich bitte dich und Mutter, das zu akzeptieren. Ihr habt drei Söhne. Ich bin zwar der Älteste, doch ich trete mein Erbrecht an Michel ab. Er wird euch ein guter Sohn und Erbe sein, wie ich es nicht mehr kann. Meine Berufung ist eine andere.“

„Berufung, Berufung. Eine andere Berufung. Was kann es für

eine andere Berufung geben, als ein guter Sohn zu sein?"

„Vater, ich kann es nur immer wieder sagen. Ich möchte ganz und gar Gott dienen, ihm mein Leben weihen. Bei drei Söhnen kannst du doch einen an Gott abgeben."

„Du warst immer der beste. Du warst gut und edel, tapfer und stark. Du kannst unseren Besitz erhalten und mehren. Warum musst ausgerechnet du alles aufgeben? Warum?"

Arnulfs Vater blickte zu Boden. Seine Stimme wurde fast unhörbar.

„Du hättest es besser gemacht als ich."

Er blickte Arnulf an.

„Du bist ein besserer Mensch als ich, Arnulf. Tugendhaft und doch männlich und stark. Du bist würdiger, diese Burg zu besitzen, über dieses Land zu herrschen, als ich es je sein werde. Warum musst gerade du gehen?"

Arnulf seufzte müde. So schwer hatte er es sich doch nicht vorgestellt.

„Weil Gott mich ruft, Vater. Warum kannst du das nicht verstehen? Der Vater von Antoine hat doch auch nichts dagegen, dass sein Sohn Franziskaner werden möchte. Im Gegenteil, er ist stolz auf ihn."

„Ja, ja, der frömmelnde scheinheilige Edouard. Ausgerechnet ihn nimmst du als Beispiel. Immer schön fromm tun und mindestens drei Mätressen auf einmal haben, eine jünger als die andere. Der bevölkert tatsächlich die Klöster, *mit seinen unehelichen Kindern*! So braucht er für seine Bastarde nicht zahlen und hat noch ein gutes Gewissen."

Robert de Courand atmete tief durch. Dann schien sein Gesicht einzufallen und ganz schmal zu werden. Die Augen blickten traurig an Arnulf vorbei.

„Also gut, Junge. Ich kann dich nicht aufhalten. Ich hoffe, du hast es dir gut überlegt."

Er blickte Arnulf an und lächelte gequält.

„Ich kann nicht sagen, dass du meinen Segen hast. Ich bin immer noch der Meinung, dass dein Schritt falsch ist. Aber es ist dein Leben. Also geh, geh mit Gott. Doch eines möchte ich dir noch mitgeben: Du selbst triffst deine Entscheidungen, und nur du allein kannst dafür einstehen. Verstehst du mich, Sohn?"

Arnulf atmete erleichtert auf.

„Ja, Vater, ich verstehe, was du sagen möchtest. Danke für deine Erlaubnis, Vater."
„Hast du es schon deiner Mutter gesagt?"
„Ja, doch sie meinte, ich müsste dich bitten."

Robert de Courand lächelte wieder traurig.

„Nun gut, dass hast du jetzt getan. Weißt du schon, in welchen Orden du eintreten möchtest?"
„Ich möchte Tempelritter werden, Vater."

„Templer? Dann wirst du wenigstens ein Ritter, schön. Doch was wirst du da überhaupt zu tun haben? Das Heilige Land ist doch längst verloren."

„Vielleicht erobern wir es mit Gottes Hilfe zurück."

Arnulfs Vater winkte müde ab.

„Da mach dir nicht zu große Hoffnungen, mein Junge. Du denkst, das ist alles Religion. Die Entscheidung für die Kreuzzüge war politisch. Und die Politik ist jetzt eine andere. Ihr werdet nie wieder im Heiligen Land sein."

„Gott sind alle Dinge möglich, Vater."

Robert de Courand sah seinem Sohn direkt in die Augen.

„Nun gut. Es ist deine Entscheidung. Morgen melde ich dich als Knappe in der Komturei an."

onald trat auf Arnulf zu, der gerade den Flur scheuerte. „Arnulf, du hast Besuch." Arnulf blickte zu Ronald auf. „Dein Bruder Michel", sagte Ronald.

Arnulf stand auf und begab sich in den Besuchsraum. Michel stand vor dem offenen Kamin und drehte sich bei seinem Eintreten zu ihm um. Über sein vollbärtiges Gesicht zog sich ein breites Grinsen, als er seinen Bruder sah. Er war nicht nur äußerlich das genaue Ebenbild ihres Vaters. Arnulf hatte sich oft gefragt, warum sein Vater ihn Michel vorgezogen hatte. Eigentlich musste er sich mit Michel weit besser verstehen.

„Na da ist ja mein frommer Betbruder", rief Michel aus vollem Halse und breitete die Arme aus. „Komm an meine Brust, Mönch."

Die Brüder umarmten sich. „Habe ich dir schon gesagt, du sollst dein Schandmaul mäßigen?" Doch Arnulfs Schmunzeln strafte seine Worte Lügen.

Die beiden Brüder setzten sich an einen der rohen Holztische, die in dem Raum standen, und Arnulf reichte Michel eine Erfrischung. Auch er selbst nahm sich einen Becher Wein.

„Wie geht es unseren Eltern?"
„Mutter wird wieder von der Gicht geplagt. Aber Vater geht es gut."
„Und den Geschwistern?"
„Jeanne wird nächstes Frühjahr heiraten. Die Verlobung mit

dem Marquis de Bordeaux wurde groß gefeiert."

„Das ist großartig. Und du? Hast du schon eine Auserwählte?"

„Du willst mich so schnell unter die Haube bringen? Wo du selbst noch keine zwanzig bist? Das könnte dir so passen!" Michel lachte schallend und klopfte sich auf die Schenkel. „Nein, nein, ich bleibe noch lange frei. Da kann ich mir weiter alle hübschen Mädels anschauen, ohne eine eifersüchtige Frau neben mir zu haben."

„Meinst du wirklich, dass das gut ist?"
„Jetzt hör mir mal zu, frommer Bruder. Wir haben dir deinen Willen gelassen, jetzt lass du mir auch mein Leben. Es genügt, wenn einer in der Familie Moralapostel ist."

Arnulf schluckte eine bissige Erwiderung hinunter. Er wollte das Treffen mit seinem Bruder nicht vergiften.

„Auf jeden Fall ist es schön, dass du mich besuchen kommst."
„Das hast du Vater zu verdanken. Eigentlich wollte Jeanne kommen. Sie ist sehr stolz auf dich. Überall erzählt sie mit leuchtenden Augen, ihr ältester Bruder ist Tempelritter, ein frommer geistlicher Herr, der für den Glauben streitet. Doch Vater meinte, eine junge Frau, die sich gerade verlobt hat, sollte nicht eine solche Reise machen. Und so bin ich nun hier."

Michel beugte sich vor und sein Gesichtsausdruck wurde auf einmal sehr ernst. „Außerdem wollten wir dich warnen", sagte er leise.

„Mich warnen? Wovor?" Arnulf musste lachen. Ihn warnen! Was sollte ihm hier drohen außer missgünstigen Kunden in der Bank?

Doch Michel verzog keine Miene. Er richtete seine Augen fest auf Arnulf. „Vater hat es Mutter und Jeanne nicht erzählt, um sie nicht zu beunruhigen. Aber er hat Gerüchte über euch gehört."

„Gerüchte?" Arnulf fiel das Gespräch von de Montpasson mit dem anderen Abt ein. „Was für Gerüchte?"

„Der König lässt verbreiten, ihr seid Sodomiten und Teufelsanbeter."

„*Was?*"

„Seine Majestät Philipp von Frankreich behauptet, ihr seid Sodomiten und Teufelsanbeter."

„Wer sagt das?"

„In den adligen Kreisen wird das immer wieder gesagt."

„Und deshalb muss es stimmen? Ist das alles? Über viele Orden wird viel behauptet. Sollen sie sich die Mäuler zerreißen, Tratsch gibt es immer."

„Nun gut." Michel atmete tief durch. „Kann ich auf deine Verschwiegenheit bauen?"

„Äh, ja, natürlich, aber warum..." Arnulf klang verdattert.

„Letzte Woche kam Onkel Laurent aus Paris zu uns."

„Oh schön, wie geht es ihm?" Arnulf mochte seinen Onkel, der am Hof in Paris tätig war.

„Ganz gut, aber das ist nicht das Thema." Michels Gesichtsausdruck wurde noch ernster. „Er kam mitten in der Nacht, trotz Gewittersturm und Regen. Er war drei Tage und Nächte ununterbrochen geritten, hat zwei Pferde fast totgeschunden. Er selbst war so steif, dass wir ihn aus dem Sattel heben mussten."

„Aber warum?" Nun wurde Arnulf doch mulmig.

„Er ließ sofort Vater und mich wecken. Es sei eine Sache höchster Wichtigkeit, die keinerlei Aufschub dulde."
„Ein ziemlich martialisches Auftreten. Aber weshalb?"
„Als er bei uns saß, sah er sich ständig gehetzt um. Erst als niemand anderes in Hörweite war, sprach er."

Michel beugte sich verschwörerisch vor. Seine Augen fixierten Arnulf unablässig.

„Er sagte, der König wolle den Templerorden auflösen lassen."
„Das kann er gar nicht. Wir unterstehen dem Heiligen Vater, nicht einer weltlichen Macht."

Michel blieb unbeeindruckt. „Seine Majestät lässt verbreiten, ihr Templer seid Sodomiten und Teufelsanbeter. Da muss man doch etwas tun, oder? Und nebenbei kann er sich euer ganzes Gold einheimsen."

„Welches Gold?? Wir sind Mönche, besitzlos!"

„Mensch Arnulf, bist du so naiv, oder tust du nur so?" Michels Augen blitzten wütend. „Was machst du den lieben langen Tag? Was ist deine Arbeit?"

Arnulf zählte auf: „Ich bin für den Garten zuständig, ich putze, ich lese, ich bete, Wehrübungen..."

„Und?"
„Was und? Worauf willst du hinaus?"

Arnulf fasste sich an den Kopf. „Ach du meinst die Arbeit in der Bank? Natürlich, drei Tage die Woche arbeite ich in der Bank."

„Und was tust du da?"

Arnulf sah seinen Bruder verständnislos an. „Ich weiß wirklich nicht, worauf du hinausmöchtest. Was tut man in einer Bank? Man zählt Geld, man zahlt aus, bucht auf ein Konto, stellt Verträge aus..."

„Ihr verwaltet gegen Gebühr das Geld anderer Leute. Ihr gebt Kredite mit Zinsen. Ihr nehmt gewaltig viel Geld ein."
„Michel, dass eins klar ist. Ich weiß, was viele sagen. Aber wir nehmen nichts für uns. Wir nehmen es für den Kampf für den Glauben."
„Das ist jetzt völlig unerheblich. Tatsache ist, ihr schwimmt im Gold."
„Ich kann dir hier jeden Raum und jede Kammer zeigen. Du wirst kein einziges Goldstück finden."

„Vielleicht ist Seine Majestät da anderer Meinung."

Michel strich sich nervös durch die Haare.

„Und jetzt überleg einmal. Ihr seid reich. Ich weiß, ich weiß, ihr lebt in Armut. Aber ihr besitzt Burgen, Weinberge, Felder, ganze Städte. Ihr handelt mit Geld. Das weckt Neid bei denen, die ihrer Meinung nach zu wenig davon haben."

Michel holte noch einmal tief Luft.

„Und wer ist euer größter Schuldner? Der König. Du brauchst nichts zu sagen, jeder weiß es. Wie alle Herrscher ist er ständig klamm."

Michel senkte die Stimme und hob den Zeigefinger.

„Und jetzt zähl einmal zwei und zwei zusammen. Der König steht bei euch gewaltig in der Kreide. Genau genommen stehen ihm die Schulden bis zum Hals, bis zu Oberkante Unterlippe, und er droht in ihnen zu ertrinken. Er kann nicht zahlen. Ihr habt Geld. Jetzt behauptet der König plötzlich:"

Michel machte eine theatralische Geste des Abscheus.

„Diese Templer. Das sind Sodomiten! Das sind Teufelsanbeter."

Michel sah Arnulf wieder fest an.

„Er braucht bloß ein paar Gerüchte aufzugreifen, die es ja über jeden Orden gibt, wie du selbst sagst. Und dann nimmt er euch hoch. Und – oh Wunder! Ist mit einem Schlag seine Schulden los und hat noch viel Geld."

„Und das glaubst du wirklich?" Arnulf sah seinen Bruder ungläubig an.

„Arnulf, hör mal zu! Meinst du wirklich, Onkel Laurent reitet Tag und Nacht ohne Pause, um uns ein Hirngespinst zu sagen? Er hatte sich sogar verkleidet, trug über seinem Kettenhemd eine schwarze Kutte. Er sah aus wie der Tod höchstpersönlich. Die Wache war vor Schreck bleich wie eine Wand, als sie ihn meldete."

Michel fuhr fort: „Seine ersten Worte waren: ‚Arnulf muss zu den Zisterziensern gehen.' Dann erzählte er alles. Er meinte, eure Verhaftung sei beschlossen, die Haftbefehle vielleicht schon ausgestellt und verschickt."

„Das glaubst du alles?"

„Direkt nach unserem Gespräch reiste er wieder ab. Vorher ließ er alle schwören, niemanden außer dir von seinem Aufenthalt zu erzählen. Er meinte, wenn der König davon erführe, sei er ein toter Mann."

„Das soll wirklich stimmen?"

„Arnulf, Onkel Laurent ist kein Fantast!"

„Ich weiß, dass er kein Fantast ist. Aber das soll stimmen?"

Arnulf schüttelte den Kopf.

„Ich kann das nicht glauben, und doch..."

Ihm fiel wieder das Gespräch von de Montpasson mit dem anderen Abt ein, aber das behielt er bei sich. Er sah seinen Bruder an.

„Spanien ist immer noch zum Teil von den Ungläubigen besetzt. Die Templer sind eine ergebene Armee, die nichts kostet. Das soll der König jetzt aufgeben?"
„Vielleicht denkt er, ihr seid jetzt überflüssig."

Michel nahm sich noch Wein.

„Das Heilige Land werdet ihr sowieso nie wieder erobern."

Arnulf nahm diesen Satz unwidersprochen hin.

„Und was ratet ihr mir jetzt zu tun?"
„Vater und ich haben nie geglaubt, das einmal zu sagen. Wir waren immer froh, dass du wenigstens Ritter bist, wenn auch Mönch."

Wieder holte Michel tief Luft.

„Bitte geh zu den Zisterziensern. Bedenke, Onkel Laurent hat bestimmt Recht. Hier ist es nicht mehr sicher."
„Eigentlich sehe ich hier meine Berufung, aber...nun gut, ich werde darüber nachdenken."
„Das ist alles, was wir verlangen können."

Michel erhob sich. Er wollte noch vor der Dunkelheit zu Hause sein.

„Arnulf, wir machen uns Sorgen um dich. Eins möchten wir

noch sagen: Egal, was passiert, was der König oder sonst wer behauptet, du bist immer sicher bei uns. Zu uns kannst du immer fliehen."

„Danke. Ich werde über das Gesagte nachdenken. Es klingt so unglaublich, aber...wir werden sehen."

„Warte nicht zu lange."

Die Brüder umarmten sich zum Abschied, dann machte Michel sich auf den Heimweg.

An diesem Abend lag Arnulf lange wach. Er starrte in die Dunkelheit zur Decke seiner Zelle. Die Gedanken in seinem Kopf rasten und wollten sich nicht beruhigen. Was konnte er tun? Sollte er gleich morgen zu de Montpasson gehen und sagen, er wechsle zu den Zisterziensern? Er hatte immer davon geträumt, Tempelritter zu werden. Das sollte er jetzt aufgeben?

Und was sollte aus seinen Mitbrüdern werden? Musste er sie nicht warnen? Doch er war durch sein Schweigegelübde gebunden. Aber wenn das stimmte, was Onkel Laurent meinte, waren auch sie in großer Gefahr.

Schließlich stieg er aus dem Bett und sank auf seine Knie. Inbrünstig bat er Gott, den Vater, den Sohn, den Heiligen Geist, ihm Weisheit zu geben und sie alle zu beschützen.

Er legte sich wieder in sein Bett und fiel in einen unruhigen Schlaf.

*M*ademoiselle Brunard sah Arnulf direkt an. „Arnulf, meinst du wirklich, dass das gut ist?"

„Ma repouche, ich fühle mich berufen, geistlicher Herr zu werden."

„Das mag ja gut sein, doch Tempelritter?"

„Ich möchte als Ritter und Mönch für den Glauben kämpfen."

„Haben die Heiligen Paulus und Petrus mit dem Schwert gekämpft? Hat unser Heiland zur Waffe gegriffen?"

„Die Ungläubigen haben Spanien angegriffen. Sie haben geraubt, gebrandschatzt. Sie wollen weitere Eroberungen. Soll man das zulassen?"

„Das ist die Sache des Staates, Arnulf. Er hat von Gott die Aufgabe, die Bürger zu schützen. Ein Christ soll nicht gegen andere Menschen eine Waffe erheben."

„Soll ich zusehen, wie Christen unterdrückt werden? Wie die Ungläubigen sich brüsten, sie hätten Gott auf ihrer Seite?"

„Arnulf, Gott ist anders. Er lenkt sogar die Ungläubigen. Er selbst behält es sich vor, Herrschaften einzusetzen oder zu stürzen."

„Dann dürfen sie also alles tun?"

„Arnulf, auch die ersten Christen kannten dies. Aber sie lehnten sich nicht gegen ihre Herrscher auf."

Mademoiselle Brunard seufzte. „Versteh doch. Der Glaube kam ohne Gewalt. Die Christen wurden verfolgt, aber sie kämpften nicht mit der Waffe. Das hat Gott gesegnet. Schau doch, wie viele christliche Länder es jetzt gibt."

„Ja, jetzt ist unser Land christlich. Der König ist allerchristlichste Majestät. Der Papst hat zum Kampf für den Glauben aufgerufen. Er hat von Gott die Weisung bekommen."

„Von Gott? Nicht von der Politik? Und was hat das gebracht? Jahrhunderte von Krieg. Von Blut, von Elend. Christen töteten Menschen, denen sie lieber von Gottes Liebe erzählen sollten."

„Aber sie wollten doch nicht hören."

„Unseren Heiland wollte auch niemand hören. Aber er hat nie zu einer Waffe gegriffen."

„Sollen wir zusehen, wie unsere Brüder und Schwestern unterjocht werden?"

„Du sollst Gott vertrauen, Arnulf. Gott hätte mit einem Engelheer kommen können, aber er kam als einzelner Mensch, er ließ sich schlagen, anspucken, sogar kreuzigen."

„Aber was hat Gott mit Israel gemacht? Wie viele Kriege hat David geführt?"

„Das war alles vor Jesus Christus. Da hatte Gott ein einzelnes Volk, Arnulf. David hat seine Bürger geschützt, wie es seine Aufgabe als König war. Doch jetzt hat Gott kein einzelnes Volk mehr. Es gibt nicht nur einen Staat, der zu ihm gehört. Du weißt doch, jeder kann zu ihm, wenn er glaubt."

„Aber die Ungläubigen sagen, Gott gibt ihnen den Sieg! Sie sagen: ‚Seht her, wir besiegen euch, Gott ist für uns und nicht für euch. Unser Glaube ist richtig.' Das kann man doch nicht einfach stehen lassen."

„Gott hat zuletzt immer Recht behalten. Die Leute konnten sagen, was sie wollten. Die Feinde Israels haben ihren Götzen ihren Sieg zugeschrieben, und was hat Gott gesagt? Ihr seid mein Werkzeug!"

„Doch wenn wir sie besiegen, dann werden sie sehen, wer Recht hat. Dann müssen sie uns glauben!"

„Müssen sie das wirklich, Arnulf? Was haben all die Kriege für den Glauben gebracht? Was haben die Kreuzzüge gebracht? Ein paar Generationen hatten die Christen das Heilige Land, und dann? Was ist davon geblieben? Und doch können die Pilger immer noch nach Jerusalem reisen!"

„Ja, durch das Wohlwollen von Ungläubigen. Wie könnt Ihr meinen, das sei so gut?!"

„Arnulf, bedenke doch. Der Heilige Franz von Assisi sprach mit dem muslimischen Sultan. Er hat ihn so beeindruckt, dass er ihm freies Geleit nach Hause gab!"

„Aber er hat nicht auf ihn gehört."

„Du bewunderst Franz von Assisi. Er hätte nie zu einer Waffe gegriffen. Er lebte das Evangelium, die Bergpredigt. Er liebte die Feinde, hielt die andere Wange hin."

„Und was hat das gebracht? Manchmal müssen die Ungläubigen gezwungen werden. Denkt doch daran, wie die wilden Völker dazu gebracht wurden, Christen zu sein. Denkt an die Sachsen, wie der große Frankenkönig Karl gegen sie gekämpft hat."

„Und wann hörte der Krieg auf? Als beide aufeinander zugingen und Kompromisse machten. Beide, Arnulf. Es war kein reiner Sieg Karls. Es hätte sonst noch Jahrzehnte dauern können. Und wer weiß, wer in den wilden Wäldern gewonnen hätte."

„Sie wurden durch Karls starke Hand zum Frieden gezwungen.

Die Ungläubigen muss man zwingen. Sie müssen sehen, dass Gott stärker ist als sie. Schließlich ist doch Gott auf unserer Seite."

„Gott ist auf deiner Seite, Arnulf, wenn du tust, was er möchte. Er lässt sich nicht für deinen Zweck vereinnahmen. Unser Heiland hat gesagt, wir sollen die segnen, die uns verfluchen. Das ist der Weg, um sie zu besiegen."

„Das gilt für normale geistliche Herren. Nicht für Tempelritter. Sie sind Gottes Soldaten."

„Gottes Soldaten, Arnulf? Ein Soldat Gottes kämpft mit geistlichen Waffen, nicht mit Feuer und Schwert. Er liebt Gott und liebt die Menschen wie sich selbst."

„Aber der Papst hat den Krieg gegen die Ungläubigen zu einer heiligen Pflicht erklärt. Deus vult, Gott will es so!"

„Will Gott es wirklich so, Arnulf? Wenn du ritterliche Abenteuer suchst und ein tapferer Kämpfer sein willst, dann werde Ritter. Doch wenn du ein geistlicher Herr sein willst, dann sei ein wirklicher Soldat Gottes und kämpfe mit dem Geist und mit Liebe."

„Meint Ihr, der Papst spricht nicht im Namen Gottes?"

Mademoiselle Brunard wand sich ein wenig. „Ich denke, er meint, im Namen Gottes zu sprechen. Doch ich finde im Evangelium nichts, was einen Krieg für den Glauben rechtfertigt. Wenn rechtschaffene Menschen geschützt werden müssen, ihnen gegen Feinde geholfen werden muss, dann ist das eine christliche Pflicht. Doch den Glauben verbreiten kann man nicht mit dem Schwert."

„Doch genau das will ich doch. Ich möchte rechtschaffene Christen vor Ungläubigen schützen, die sie unterdrücken und quälen, obwohl sie ihnen nichts getan haben."

„Ich kann dich nicht halten Arnulf. Doch ich denke, du machst dir etwas vor."

n den Tagen nach dem Gespräch mit seinem Bruder fühlte sich Arnulf wie gerädert. Onkel Laurent hatte sie gewarnt. Der König will den Templerorden auflösen. Der Papst hat es ihm erlaubt. Die Haftbefehle seien schon ausgestellt. Was? Seine allerchristlichste Majestät, Philipp der Schöne, König von Frankreich, will ein solches Verbrechen begehen? Arnulf konnte es immer noch nicht glauben. Er wollte den Gedanken fortschieben, als ein bloßes Gerücht abtun. Doch da war Onkel Laurent, der in solch martialischer Aufführung zu seiner elterlichen Burg reist, gehetzt wie ein Stück Wild. Aber es klang so unglaublich! So unvorstellbar! Die Templer waren mächtig, man konnte sie doch nicht einfach von der Landkarte tilgen! Was würde mit den ganzen Ländereien sein, was mit dem Geld, wer würde all die Adligen mit Krediten versorgen? In den Nächten lag Arnulf wach, und wenn er doch einschlief, quälten in Alpträume. Er sah sich auf dem Scheiterhaufen, angespuckt und verspottet von einem vor sadistischer Freude rasenden Pöbel. Nach einer Woche sprach ihn de Montpasson schließlich an.

„Arnulf mein Sohn. Ich mache mir Sorgen um dich. Du wirst immer blasser und müder. Was ist mit dir?"

„Ich schlafe die letzten Tage schlecht, mein Vater."

„Du schläfst schlecht? Aber warum? Hast du Sorgen?"

Arnulf wurde unbehaglich zumute. Was sollte er sagen.

„Vater, Gott hat mir etwas Schreckliches gezeigt."

De Montpasson winkte ab. „Nicht alles, was du siehst, muss von Gott kommen Arnulf. Weshalb meinst du, dass Gott dir etwas gezeigt hat? Und was soll das Schreckliches sein, was er dich sehen ließ?"

Arnulf nahm seinen ganzen Mut zusammen. Er brauchte einfach erfahrenen Rat. „Eigentlich darf ich nichts sagen, ich bin zum Schweigen verpflichtet."

„Moment, Gott zeigt dir etwas Schreckliches und verpflichtet dich zum Schweigen? Wie geht das zusammen?" De Montpassons Mundwinkel verzogen sich zu einem spöttischen Lächeln, doch er versuchte, die Fassung zu bewahren. „Redest du dir da nicht irgendetwas ein? Lässt dir von einem Gedanken den Schlaf und deine Ruhe rauben, einem Hirngespinst?"

„Es hörte sich aber nicht an wie ein Hirngespinst, Vater."
„Dann musst du mir aber sagen, was du gezeigt bekommen hast."
„Mir wurde gezeigt, dass unser Orden in großer Gefahr ist."
„In welcher Gefahr soll denn unser Orden sein? Durch unzüchtige Brüder?"

Arnulf überhörte den Spott. „Der König von Frankreich und der Heilige Vater wollen uns der Sodomie anklagen und ihn auflösen."

Nun war es raus und Arnulf wartete auf die Reaktion von de Montpasson. Er rechnete damit, dass de Montpasson nachfragen würde. Oder er dachte, er würde lachen und fragen, wer ihm denn diese Grille in den Kopf gesetzt habe. Ob es nicht schon genug Gerüchte und Tratsch um den König und den Papst gäbe. Mit allem hatte Arnulf gerechnet, doch nicht damit, wie der Abt wirklich reagierte.

Der Klang von Arnulfs Worten war noch nicht ganz verhallt, da verhärteten sich die Gesichtszüge von de Montpasson zu einer Grimasse. Und im nächsten Moment bellte er Arnulf in einem Ton an, den er noch nie bei ihm bemerkt hatte. *„Wer hat dir das gesagt?"*

Arnulfs Augen weiteten sich vor Schreck. Selbst die Mitbrüder, die im Gang umherliefen, drehten sich zu Tode erschrocken um. Aber de Montpasson hatte sich bereits wieder gefasst. Er fasste Arnulf am Arm. „Entschuldige, mein Sohn. So hätte ich nicht reagieren dürfen, aber das kam zu überraschend für mich. Darüber müssen wir reden. Komm in mein Zimmer."

De Montpasson führte Arnulf in sein Arbeitszimmer und verschloss sorgfältig die Tür. Dann setzte er sich in den hintersten Winkel des Zimmers, wo er von der Tür aus in keinem Fall zu hören war, und winkte Arnulf zu sich heran.

„Komm her, mein Sohn. Hier haben die Wände Ohren, deshalb sprich bitte leise. Das, was du und ich zu besprechen haben, geht niemanden etwas an. Zumindest im Moment nicht. Und jetzt sage mir, was du weißt und woher."

„Eigentlich darf ich das nicht, Vater. Ich habe mich zum Schweigen verpflichtet."

De Montpasson seufzte vernehmlich. „Nun gut, ich sehe, ich muss wohl anfangen. Dann werde ich dir jetzt etwas erzählen. Du kannst dann sehen, ob es mit deinen Informationen übereinstimmt, oder ob wir zwei verrückte Narren sind, dich sich selbst das Leben schwer machen."

De Montpasson holte tief Luft. „Du erinnerst dich an mein Gespräch mit Richard, dem Abt der Komturei im Nachbarort?"

Natürlich erinnerte sich Arnulf. Der Gesichtsausdruck von de Montpasson nach dem Gespräch war ihm lange nicht aus dem Kopf gegangen. Doch er hatte sich schließlich beruhigt. Jetzt sah er es in einem anderen Licht. Sollte der andere Abt ...?

De Montpasson sah ihn direkt an und fuhr fort. „Richard brachte mir einige beunruhigende Nachrichten. Er hatte Gerüchte gehört, die unglaublich und doch wahr klangen. Der König wäre neidisch auf uns. Wir würden im Gold schwimmen, wären reich wie die Wucherer. Er dagegen wäre pleite. Eigentlich kann er seine Schulden nicht mehr bezahlen. Er nimmt Kredite auf, um seine alten Kredite zu tilgen."

Noch einmal holte de Montpasson tief Luft. „Der König würde überall verbreiten, wir Templer seien Sodomiten und Teufelsanbeter. Den Heiligen Vater hat er sich mit Drohungen gefügig gemacht und so die Erlaubnis von ihm bekommen. Wir Templer wären einfach zu reich, zu mächtig, der Adel hätte zu viel Schulden bei uns. Deshalb wolle er mit einem Schlag alles auslöschen und gleichzeitig seine Staatskasse füllen und seine

Schulden los sein."

De Montpasson sah Arnulf eindringlich an. „Stimmt das mit dem überein, was du weißt? Wenn ja, dann ist vielleicht doch etwas dran. Wenn nicht, dann brauchen wir uns keine Sorgen machen."

Arnulf blickte zu Boden und sagte leise: „Es stimmt fast eins zu eins mit dem zusammen, was ich erfahren habe. Die Haftbefehle seien bereits ausgestellt. Der König wolle uns der Sodomie anklagen und alle verhaften lassen. Oh ja, er wäre seine Schulden los und hätte plötzlich viel Geld – zumindest meint er das." Arnulf lächelte gequält und sah de Montpasson an. „Aber es macht wohl wenig Sinn, ihm zu sagen, dass er hier kein einziges Goldstück finden wird, wie?"

„Würdest du das glauben, wenn du nicht zu uns gehörst? Ich hab schon lange gedacht, das wird eines Tages übel enden, dass wir mit Geld handeln wie die Ungläubigen! Was passiert mit den ganzen Juden, die reich sind wie Salomo und bei denen alle Welt Schulden hat? Sie versorgen alle mit Geld und ermöglichen dem Adel ein süßes Leben, doch eines Tages schneidet ihnen der Pöbel die Kehle durch!" De Montpasson fuhr sich nervös durch die Haare. „Aber das hilft auch nicht weiter. Wir müssen jetzt überlegen, wie wir reagieren." Er sah Arnulf direkt ins Gesicht. „Geh jetzt und hole Markus. Er mag ein ziemlicher Filou zu sein, doch wir können ihm vertrauen. Hol ihn her und sag ihm, ich habe etwas Wichtiges mit euch beiden zu besprechen. Wir weihen ihn ein. Wir brauchen jetzt so viel Verstand wie möglich.“

Zwei Minuten später hatte Arnulf Markus geholt und sie saßen einander gegenüber. Markus blickte von einem zum anderen und sagte schließlich: „Also, wenn ich euch sehe, könnte man meinen, der jüngste Tag stehe bevor und ihr hättet eure Rechnungen nicht bezahlt.“

„Das mit dem jüngsten Tag könnte fast stimmen“, erwiderte de Montpasson ernst.

„Moment“, Markus fuhr sich müde über die Augen, „Vater, ich weiß, Ihr liebt Rätsel, aber ich war nie gut darin. Was wollt Ihr damit sagen?“

De Montpasson blickte Arnulf an und der begann zu erzählen. „Unser Vater in Christus und ich sind beide gewarnt worden. Wir haben beide aus verschiedenen Quellen gehört, dass der König etwas Schreckliches vorhat.“ Wortlos hörte Markus dem Bericht von Arnulf zu. Er erzählte von dem Gold, welches der König bei den Templern vermutete, von den Vorwürfen, von den Haftbefehlen. Der Gesichtsausdruck von Markus zeigte nicht, was er von dem Ganzen hielt. Als Arnulf fertig war, wandte sich Markus an de Montpasson. „Und Eure Informationen stimmen mit denen von Arnulf überein, Vater?“ De Montpasson nickte stumm. „Eins zu eins.“ „Und ihr habt sie unabhängig voneinander bekommen?“ Arnulf und de Montpasson nickten. „Ach du Scheiße.“ Erschrocken fasste sich Markus an den Mund, aber de Montpasson hatte andere

Sorgen, als ihn für sein Schandmaul zurechtzuweisen. „Das ist wohl der Preis dafür, dass wir wuchern wie die Ungläubigen, wie?" Markus lächelte gequält. „Dann werden wir wohl auch ihr Schicksal teilen." Er blickte in die Runde. „Habt ihr schon überlegt, was wir nun tun sollen?"

De Montpasson legte die Stirn in Falten. Dann sagte er langsam: „Ich denke, wir müssen eine Nacht darüber schlafen und morgen noch einmal sprechen. Wenn wir heute noch die Brüder informieren, kann es eine Panik geben. Außerdem weiß ich weiß Gott nicht, wie wir reagieren sollen. Gegen den König Krieg führen? Das ist ziemlich unsinnig." De Montpasson holte tief Luft. „Ich denke, unsere einzige Chance ist, dass uns der Heilige Vater vergibt."

Arnulf und Markus sahen ihn entgeistert an. „Aber soll ich zugeben, ein verfluchter Sodomit zu sein?", blaffte Markus auf.

De Montpasson hob die Hände. „Beruhigt euch, meine Söhne, es geht hier nicht darum, etwas zuzugeben, was wir gar nicht getan haben." Er blickte in die Runde. „Aber wir alle sind Sünder, stimmt's?" Arnulf und Markus nickten langsam. „Und als geistliche Herren haben wir gelobt, ein heiliges Leben zu führen. Und das ist auch ein Leben der Buße." De Montpasson lehnte sich zufrieden zurück. „Ja, das ist ein guter Gedanke. Wir tun in Demut Buße für unsere Sünden – und der König kann uns gar nichts mehr. Wir geben zu, dass wir keine Engel sind; das dürfte uns doch nicht schwerfallen, oder? Und da wir keine Räuber und Mörder sind, kann man uns nicht für etwas verurteilen, wofür wir Buße getan haben!" De Montpasson blickte sie beide an. „Aber jetzt geht an eure Arbeit. Sagt niemandem etwas. Ich werde mir bis morgen überlegen, wie wir die Brüder am besten warnen."

Arnulf und Markus verließen das Arbeitszimmer. „Ausgerechnet morgen will unser Vater die Brüder einweihen", raunte Markus. Arnulf sah ihn an. „Warum?" „Morgen ist Freitag der 13." „Aber Vater, seid Ihr etwa abergläubisch?", frotzelte Arnulf, doch Markus reagierte nicht. „Sei's drum", dachte Arnulf. „Morgen sehen wir weiter."

Am Abend gab ihm de Montpasson unauffällig sein Schwert. „Nimm es, mein Sohn. Wir müssen gewappnet sein. Das Leben unserer Brüder hängt vielleicht von uns ab." Arnulf wurde jetzt erst richtig bewusst, wie ernst die Lage wirklich war. Was sollte man tun? Als Gesetzlose leben oder unschuldig auf dem Scheiterhaufen landen? Nein und nochmals nein! Er hatte sich nichts zu Schulden kommen lassen. Er führte ein heiliges Leben. Er diente Gott von ganzem Herzen. Gott konnte es einfach nicht zulassen, dass ihnen so eine Schmach widerfuhr! Etwas beruhigter legte sich Arnulf schlafen.

*M*itten in der Nacht hatte Arnulf einen Alptraum. Jemand trommelte auf seinem Kopf herum. Das Hämmern hallte dumpf in ihm wider. Arnulf wachte auf, doch das Hämmern ließ nicht nach. Plötzlich ging ihm auf, dass er gar nicht träumte. Es hämmerte wirklich jemand an die Eingangstür der Komturei. „Aufmachen, im Namen des Königs." Die Stimme forderte unmissverständlich Gehorsam. Arnulf fuhr der Schreck in die Glieder. Es ging los! Der König griff sie tatsächlich an! Philipp der Schöne wagte es tatsächlich, sie, geistliche Herren, die ein heiliges Leben führten, unter falschen Anschuldigungen festzunehmen!

Arnulf rannte aus seiner Zelle, das Schwert bereits in der Hand. Markus war auch schon auf den Beinen. Doch vor ihnen schlich Gilbert schlaftrunken an die Tür. „Was ist denn los, was soll dieser Lärm mitten in der Nacht?" Ehe sie ihn zurückhalten konnten, hatte er die Tür entriegelt und geöffnet. Sofort strömten schwerbewaffnete Ritter herein. „Ihr Schweine seid alle verhaftet", bellte eine Stimme. Gilbert hob erschrocken die Arme zur Abwehr, da stach ihm einer der Soldaten sein Schwert in den Leib. Mit großen ungläubigen Augen sank er langsam zu Boden, die Hände auf die Wunde gedrückt.

„Ihr Bastarde!" Markus schnellte mit wutverzerrtem Gesicht vor. Im nächsten Augenblick flog der Arm des Soldaten auf die Erde, das Schwert noch in der verkrampften Hand. Arnulf unterdrückte den Ekel. Die Aufregung ließ ihn sich fiebrig fühlen. „Markus ich komme!" Mit einem Satz war Arnulf bei ihm und hieb auf den nächststehenden Ritter ein, der erschreckt zurückwich. Die Soldaten waren im ersten Moment zu überrascht, um zu reagieren. „Verflucht, sie wurden gewarnt!", rief einer. „Formiert euch." Die ruhige Stimme gehörte dem Offizier und ließ Erfahrung erahnen. Sofort formierten sich die königlichen Ritter und versuchten vorzudringen. Doch in dem engen Gang der Komturei kamen sie nicht voran. Sie standen immer noch in der Tür und es war für einen Mann ein Leichtes, sie zu verteidigen.

Nach einigen Minuten verbissenen Kampfes hörte Arnulf die Stimme de Montpassons hinter sich. „Ich protestiere energisch gegen dieses ungesetzliche Eindringen in meine Komturei." Seine Stimme klang seltsam hohl. Ein kurzer Blick zeigte Arnulf den Grund. De Montpasson stand hinter ihm in voller Rüstung, den Helm auf und den Umhang der Tempelritter über den Schultern. Er stützte sich mit beiden Händen auf sein Schwert, als nähme er eine Parade ab. Doch noch etwas anderes sah Arnulf. Hinter de Montpasson standen alle Ritter der Komturei, in voller Rüstung, mit Schild und gezogenem Schwert. In den Ecken hatten sich die Bogenschützen postiert mit dem Pfeil auf der Sehne.

„Jetzt wird's lustig." Arnulf musste unwillkürlich kichern und fragte sich, ob er langsam den Verstand verlor. Hier kämpften Tempelritter, Mönche, Soldaten des Papstes und der Christenheit, gegen Ritter ihrer allerchristlichen Majestät Philipp von Frankreich. Die Situation hatte etwas Surreales, doch sie war Realität, schreckliche, brutale, blutige Realität. Einen Moment hielten die Kämpfenden inne, da schoss ein Pfeil an Arnulf vorbei und traf den Offizier genau in den Hals. Gurgelnd fiel er auf die Knie, die Hände am Hals, und kippte in wilden Zuckungen vornüber. Die königlichen Ritter waren geschockt. Ihre Ordnung begann sich aufzulösen. Sofort drangen die Tempelritter vor. Mit einer majestätischen Geste befahl de Montpasson den Ausbruch. „Vorwärts, meine Kinder." Seine Stimme klang wie im Manöver, keine Spur von Aufregung.

In geschlossener Formation rückten die Tempelritter vor, Schritt für Schritt, zwei Mann nebeneinander, unaufhaltsam. Wie eine langsame, aber alles vernichtende Welle. Markus und Arnulf vorneweg, obwohl bis auf die Schwerter unbewaffnet. In den Gesichtern der königlichen Ritter zeigte sich nackte Angst. Tempelritter, das waren die Elitesoldaten der Christenheit. Sie hatten erwartet, leichtes Spiel zu haben. Alles war geheim, niemand wusste von dem Befehl, die Tempelritter zu verhaften. Aber jetzt steckten sie fest und zu allem entschlossene Templer drangen gegen sie vor. Arnulf stach auf den nächsten Ritter ein, der lautlos zusammensackte. Sofort drauf auf den nächsten, keine Zeit zum Atmen lassen.

Die Formation der königlichen Ritter hatte sich jetzt völlig aufgelöst. Jeder kämpfte nur noch einzeln ums Überleben, aber die Tempelritter kannten keine Gnade. Sie drangen vor, ruhig, mit tödlicher Präzision. Immer wieder schossen Pfeile über sie hinweg, die einen feindlichen Ritter nach dem anderen zusammensacken ließen. Sie wichen zurück. Zuerst langsam, dann immer schneller ergriffen sie die Flucht, bis sie schließlich mit wilden Verwünschungen um ihr Leben rannten. Die Komturei war wieder in der Hand der Templer. Auf dem Boden lagen tote Ritter des Königs. Zuerst dachte Arnulf, sie hätten keine Verluste, dann fiel ihm Gilbert ein.

Gilbert saß an eine Wand gelehnt, die Hände auf den Leib gepresst, die Augen geschlossen, den Mund geöffnet und das Gesicht aschfahl. Sein Atem ging flach und stoßweise. Markus kniete sich hin und riss das Gewand von der Wunde. Die Wunde selbst war klein und schmal, doch man konnte erahnen, wie tief sie war. Markus blickte im Kreis umher und sein Blick sagte alles. Arnulf wandte sich mit zitternden Lippen ab. De Montpasson kniete sich vor Gilbert nieder. „Hast du etwas zu beichten, mein Sohn?" „Mir fällt nichts ein, Vater", hauchte Gilbert mit kaum hörbarer Stimme. „Habt … Ihr vergessen? Ich … ich ha … habe heute Abend gebeichtet." Es fiel ihm merklich schwer zu sprechen. „Dann spreche ich dich los. Gehe in Frieden." De Montpasson machte das Kreuzzeichen. Da lief plötzlich ein Zittern durch Gilbert und er atmete in einem unendlich langen Atemzug aus. Gilbert regte sich nicht mehr. De Montpasson wartete einen Moment, dann drückte er ihm sanft die Augen zu.

De Montpasson erhob sich. Seine Augen wirkten müde, aber seine Stimme war entschlossen. „Wir müssen ihn zurücklassen, meine Kinder", sagte er, „sollen sie doch mit seinem Leib machen, was sie wollen. Wir selbst müssen so schnell wie möglich weg hier." Er blickte Markus und Arnulf an. „Legt sofort eure Rüstung an." Er drehte sich zu zwei anderen Ritter um. „Sattelt die Pferde." Und wieder zu zwei anderen: „Packt alle Vorräte ein, die wir haben."

Als sich die Ritter an die Arbeit machten, wandte sich Markus an de Montpasson. „Vater, wäre es vielleicht klüger, nicht die Rüstung der Templer zu tragen? Wir würden sofort erkannt und gejagt."

„Wir sind Tempelritter, mein Sohn." De Montpassons Stimme klang ärgerlich. „Wir sind keine Strauchdiebe, die sich verbergen müssen. Hast du etwas getan, was diesen Angriff hier rechtfertigt?" Markus schüttelte den Kopf. „Na also. Wer sich verstecken will, soll sich verstecken, aber ich bleibe Tempelritter. Das ist mein Gelübde, meine Bestimmung und mein Weg." De Montpasson drehte sich ohne ein weiteres Wort um und ging fort.

Markus blickte Arnulf an und seufzte tief. „Nun, mein Sohn, dann wollen wir tun, was uns unser Vater gebietet." „Dein Sarkasmus in allen Ehren, aber ich finde das hier zum Kotzen." „Meinst du vielleicht, ich genieße es, Arnulf?" Die Stimme von Markus triefte vor Ironie, aber sein Gesicht überzog leichte Zornesröte. „Meinst du, du leidest alleine unter der Schmach, die uns angetan wird?? Wir sind alle aus adligem Haus, alles Edelleute, hörst du? Wäre ich kein Mönch, würde ich den

König selbst zum Duell fordern und lieber ehrenhaft sterben als das hier!" Abrupt drehte Markus ihm den Rücken zu und ging davon.

*A*rnulf fröstelte. Seit drei Tagen zogen sie durch undurchdringliche Wälder. Immer nachts, tagsüber im Unterholz campierend, immer in Angst, entdeckt zu werden. Die Vorräte waren aufgebraucht und sie fingen an, sich von Wurzeln und Früchten zu ernähren. Wenigstens war es September und die Büsche hingen voll. „Gott sei Dank haben sie uns nicht im Winter hochgenommen", dachte Arnulf, „da wären wir auf der Flucht verhungert oder erfroren."

Die Gesellschaft stolperte mehr als dass sie lief. Alle waren müde und ausgelaugt, selbst die Pferde ließen traurig die Köpfe hängen. Tagsüber fanden sie kaum Schlaf, außerdem mussten immer vier Leute abwechselnd Wache halten. Arnulfs Pferd strauchelte über einen am Boden liegenden Ast, Arnulf konnte es gerade noch vom Sturz abhalten. „Jetzt bloß kein Unfall", schoss es ihm durch den Kopf und er war sofort hellwach. „Noch ein wenig durchhalten, im Morgengrauen müssen wir am Ziel sein." Arnulf hatte angeboten, sie zu seiner heimatlichen Burg zu führen. De Montpasson hatte nur kurz gefragt: „Bist du sicher, dass sie uns nicht verraten?" Aber da konnte er ihn beruhigen, schließlich hatte sein Bruder ihn gewarnt. De Montpasson meinte daraufhin nur: „Dann führe uns hin." Und so folgte ihm die ganze Komturei von zwanzig Tempelrittern mit zwei Familien im Tross hintereinander durch die Wildnis.

Hier musste ein Weg kommen. Arnulf gab ein Haltezeichen.

Vorsichtig tastete er sich vor. Würde man sie vielleicht erwarten? Hatte der König erfahren, wer seinen Plan verraten hatte und bewachte den Weg? Doch es war niemand zu sehen. De Montpasson schloss leise zu ihm auf. „Was ist, Arnulf?" „Ich wollte nur sehen, ob die Luft rein ist, Vater." „Führt dieser Weg zu deiner heimatlichen Burg?" Arnulf nickte. De Montpasson überlegte einen Augenblick. „Du hast recht, Arnulf, wir wollen vorsichtig sein. Kennst du den Weg querfeldein?" Arnulf nickte. „Wie lange werden wir noch bis zu eurer Burg brauchen?" „Zwei, höchstens drei Stunden." Es war, als ginge die Sonne im Gesicht von de Montpasson auf. „Das ist fein. Wir haben alle dieses Stolpern durch die Wälder gründlich satt. Zwei oder drei Stunden, das schaffen wir."

Kurz vor Sonnenaufgang lichtete sich der Wald und eine Burg tauchte im Morgennebel auf. Arnulf hatte nicht gedacht, dass er jemals wieder zu ihr zurückkehren würde, doch jetzt war er über den Anblick der finsteren Türme und Zinnen froh. Leise ritt er an die Burgpforte heran, den Mantel tief ins Gesicht gezogen, und rief dem Turmwärter zu: „Melde deinem Herrn den Ritter Arnulf." Zwei Minuten später wurde das Tor geöffnet und sein Vater stand aufgeregt in der Öffnung. „Arnulf, Gott sei Dank. Bist du allein?" „Nein, meine Brüder sind alle bei mir." „Dann schnell herein mit euch allen, ehe es Tag ist." Arnulf drehte sich um und gab mit der Hand ein Zeichen. Da wurden am Waldesrand Gestalten sichtbar, die sich einzeln aus den Büschen lösten und auf die Burg zueilten. Arnulfs Vater drehte sich zu seinem treuen Verwalter Grimald um. „Schwört mir, dass Ihr davon niemandem etwas sagt. Arnulf und seine Brüder sind keine Verbrecher." Grimald nickte ruhig. „Jeder hier in der Burg wird schweigen wie ein Grab, Herr. Niemand sieht etwas, niemand hört etwas."

Eine Viertelstunde später saßen alle Tempelritter in einem inneren Gemach der Burg und wurden festlich bewirtet. „Greift nur zu, Ihr Herren", rief Arnulfs Mutter. „Schließlich hat man nicht alle Tage so viele geistliche Herren zu Gast." Sie setzte sich neben Arnulf und konnte ihr Glück nicht fassen, ihn gesund und wohlauf zu sehen.

Als alle gegessen hatten und zufrieden bei einem gemütlich knisternden Kaminfeuer saßen ergriff Arnulfs Vater das Wort. „Da hat man euch ja übel mitgespielt, Ihr Herren. Ich hatte noch versucht, Arnulf zu warnen. Ist die Warnung zu euch durchgedrungen?" „Eure Warnung hat uns gerettet", sagte de Montpasson. „Sie passte genau zu den Informationen, die ich auch hatte. Ich wollte es nicht glauben, doch als Arnulf das Gleiche sagte …" „Gut, dass Ihr jetzt alle hier seid. Doch ich habe keine guten Nachrichten für euch. Habt Ihr gehört, was mit euren Brüdern geschehen ist?" Alle schüttelten den Kopf. „Nun, der König hat ganze Arbeit geleistet. Kaum einer ist entronnen. Für alle Komtureien kam die Verhaftung überraschend. Niemand war vorbereitet." Die Tempelritter sahen einander bestürzt an. „Der Großmeister ist gefangen", fuhr Arnulfs Vater fort. „Einige Tempelritter sollen bereits die ihnen zur Last gelegten Vergehen gestanden haben. Pah, man weiß ja, wie das geht." Er machte eine wegwerfende Geste. „Man foltert die Leute, bis sie gestehen, Unzucht mit der Königin begangen zu haben, nur damit die Tortur aufhört." Einige der Tempelritter nickten grimmig. Sie konnten sich gut vorstellen, was für Geständnisse die Folterknechte des Königs Verdächtigen entlocken.

Michel ergriff das Wort. „Auf jeden Fall seid Ihr hier nicht sicher. Ihr könnt bleiben, so lange ihr mögt, doch bedenkt: Irgendwann wird jemand erfahren, dass Ihr hier steckt, und dann sind wir alle verloren." Er blickte in die Runde. „Ihr werdet dorthin gehen müssen, wo der Arm des Königs nicht hinreicht." „Vielleicht nach Portugal", meldete sich der Tempelritter Roland zu Wort, „da herrschen unsere Leute und der König von Frankreich hat keine Macht."

Die Tempelritter sahen einander an. „Ich werde nicht so gerne nach Portugal gehen", ergriff Markus das Wort. Wer weiß, was Philip noch alles tun wird. Außerdem hat er den Heiligen Vater auf seine Seite gezogen." Ein hörbares Raunen ging durch die Männer.

„Stimmt", pflichtete ihm Francois bei, „was sollen wir tun, wenn Spanien sich mit ihm verbündet und einen Krieg gegen Portugal anfängt?"

„Und was, wenn der Heilige Vater uns exkommuniziert?"

„Da kann ich Euch beruhigen, Ihr Herren", meldete sich Arnulfs Vater, „der Heilige Vater stimmte zwar zu, Euren

Orden zu verbieten, doch er hat vielen Tempelrittern die Absolution erteilt. Er ist nicht Euer Feind."

„Alles schön und gut, Vater, doch er hat zugestimmt, dass wir mitten in der Nacht überfallen wurden", wandte Arnulf mit leiser Stimme ein. „Was nützt es uns, wenn er schnell ein paar Ritter freispricht, damit der König ihnen nichts tun kann. Der Orden ist verboten und wir sind vogelfrei." Er beugte sich vor: „Außerdem, was heißt das, vergeben? Was soll ich zugeben, damit mir ‚vergeben' wird? Dass ich ein Sodomit bin? Ein Teufelsanbeter?"

Arnulfs Vater zuckte mit den Schultern. „Ich wollte nur sagen, von ihm habt Ihr keine weiteren Schwierigkeiten zu erwarten."

De Montpasson ergriff das Wort. „Ich denke, wir sollten uns aufteilen", meinte er. „Wir müssen in Länder, wo wir nicht auffallen. Am besten, wir hören auf, Tempelritter zu sein."

„Wir haben ein Gelübde geleistet", protestierten die Ritter.

„Ich weiß, meine Kinder, ich weiß", beschwichtigte de Montpasson. „Doch überlegt: Wir haben gelobt, für den Glauben zu streiten. Wie bitte soll das jetzt gehen?" Alle schwiegen still. „Wir können ja wohl kaum einen Krieg gegen Philip von Frankreich führen, oder?" „Verdient hätte er es ja", wandte Markus wütend ein. Aber jedem war klar, dass das Unsinn war.

„Wir werden also Gott die Rache überlassen müssen", fuhr de

Montpasson fort. „Er hat alles gesehen, er weiß, was wahr ist und was nicht. Er kennt die Herzen und geheimsten Pläne. Der Allmächtige wird richten." Er blickte in die Runde. „Jeder von uns ist von seinem Gelübde befreit. Für uns gibt es zwei Möglichkeiten, wenn wir uns nicht foltern lassen wollen. Entweder wir gehen zum Heiligen Vater und bitten um Vergebung für alle angeblichen Verbrechen, die wir getan haben. Dann werden wir wohl Zisterzienser."

„Und was ist die zweite Möglichkeit, mein Vater?" Roland sah de Montpasson fragend an.

„Wir trennen uns. Wir teilen uns in kleine Gruppen auf und jeder von uns geht dorthin, wo er möchte." Er lehnte sich zurück und blickte versonnen vor sich hin. „Wir können nach Portugal oder in die Alpen. Wir können auch über den Kanal nach England, am besten nach Schottland. Wir müssen irgendwo leben, wo uns niemand kennt und keiner fragt."

Die Tempelritter nickten zustimmend. „Jeder von uns überlegt also, wo er hingeht. Wir gehen in Gruppen von zwei, höchstens drei Leuten. Die Familien gehen allein. Wir ziehen unsere Rüstung aus und die Kleidung gewöhnlicher Landleute an."

langsam zogen Arnulf, Markus und de Montpasson ihres Weges. Jeder trug ein Bündel auf dem Rücken und gekleidet waren sie wie einfache Kaufleute, die das Land durchzogen, um überall ihre Waren anzubieten. Arnulf wurde langsam ruhiger. Noch vor zwei Tagen krampfte sich bei jedem Menschen sein Magen zusammen, dem sie begegneten, doch es nahm niemand Notiz von ihnen. Niemand schöpfte Verdacht, sie waren von der Welt vergessen, und das war auch gut so. Es war das Normalste von der Welt, wenn sie abends in Gasthäusern einkehrten, aßen und tranken und übernachteten. Sie waren so normal, dass sich sogar schon die Dirnen in den Städten an sie heranmachten, was Arnulf äußerst unangenehm war. Doch bis jetzt hatten sie es geschafft, sie abzuweisen, ohne großen Verdacht zu erregen.

De Montpasson meinte zuerst, vielleicht sei es besser, durch die Wälder zu ziehen und möglichst niemandem zu begegnen, doch Markus sagte ganz richtig, am wenigsten auffallen würden sie, wenn sie auf ganz normalen Straßen wären und de Montpasson hatte schließlich zugestimmt. Dass sie sich verstecken, damit rechnete jeder. Würden sie irgendwo im Wald entdeckt, würde jeder sofort denken, sie wären Räuber oder Vogelfreie, und zumindest letzteres träfe ja genau zu…

„Vielleicht sucht der König gar nicht mehr nach uns", dachte Arnulf und Hoffnung stieg in ihm auf. „Es ging ihm ja nicht darum, alle von uns zu kriegen. Er wollte unser Gold. Was interessiert es ihn, ob der eine oder andere Tempelritter entkommen ist? Wir sind für ihn nicht mehr gefährlich, müssen uns verstecken. Da braucht er uns nicht suchen lassen."

Vorigen Abend hatte sich Markus in dem Wirtshaus nach Neuigkeiten erkundigt. Ihnen allen brannte es natürlich unter den Nägeln zu erfahren, was die Leute wussten und was man ihnen erzählte, nur trauten sie sich nicht, offen zu fragen. Und so hörte Markus scheinbar begierig die Nachrichten aus der Stadt, die so langweilig wie eine dreistündige Litanei waren, und sagte immer wieder: „Wirklich? Das ist ja interessant. Erzählt mir mehr! Was gibt es noch Neues?" Von seinem Erfolg mit seinem Dorfklatsch angespornt kam der Mann schließlich auf seine größte Nachricht zu sprechen.

„Habt ihr schon gehört, was mit den Rittern, diesen Templern war?"
„Ich habe nur gehört, der König ließ sie verhaften", meinte Markus, „aber warum war das noch mal?"

„Stellt euch vor", der Mann blickte sie alle nacheinander an, um die Wirkung seiner Worte zu erhöhen, und senkte seine Stimme geheimnisvoll, „stellt euch vor, das waren alles Sodomiten!"

„Was!", platzte Markus heraus. „Und ich hielt sie immer für rechtschaffene, fromme Leute."
„Jaja, aber es waren Sodomiten, Teufelsanbeter. Ganz fürchterliche Rituale führten sie in ihren Komtureien auf. Der König hat es herausgefunden."

„Was haben sie denn alles getrieben?"

„Sie hatten einen Totenkopf, der spricht", die Augen des Mannes weiteten sich vor Schrecken, „und sie spuckten auf das Kreuz! Stellt euch das vor!"

„Das ist ja fürchterlich. Und der König fand das alles heraus?"
„Deshalb ließ er sie alle an einem Tag verhaften."
„Das ist gut. Und ist es ihm gelungen?"
„Es ist keiner entkommen, sagt man."
„Das ist gut, das ist sehr gut. Braucht man also keine Angst mehr vor ihnen haben?"
„Ach woher, die sitzen alle im Kerker. Einige haben ihre Untaten schon gestanden."
„Sehr gut, aber was geschieht jetzt mit ihnen?"

„Die meisten werden wohl auf dem Scheiterhaufen landen. Einigen hat der Papst alles vergeben, sie sind jetzt Zisterzienser. Da können sie für ihre Schandtaten Buße tun." Er bekreuzigte sich. „Dem Großmeister wurde bereits der Prozess gemacht. Und ihr glaubt es nicht: Der Kerl widerrief doch glatt vor Gericht sein Geständnis und meinte, er wäre gefoltert worden. Ha, die Folter zwingt einen doch nur, das zu sagen, was man getan hat! Und dann hat er es doch wieder zugegeben. Und später wieder widerrufen. Was für eine Unverschämtheit!"

„Die Gerechtigkeit wird ihren Lauf nehmen", beruhigte Markus ihn. „Gott kennt immer die Wahrheit. Aber, hat man diesen Kerl bereits gerichtet?"

„Noch nicht, aber das kommt bald. Dieser Kerl wird auf dem Scheiterhaufen enden."

Arnulf musste sich beherrschen. Er hatte Angst, dass seine Gesichtszüge ihn verraten würden. „Warum lässt Gott das zu?" Die Stimme seiner Gedanken schrie so laut, dass er fürchtete, alle würden sie hören. Das Gesicht von Markus blieb unverändert. Er strahlte den Mann an.

„Dann kann er nichts mehr anrichten."
„Nein, der kommt bald ins Fegefeuer, oder gleich ganz in die Hölle."
„Da gehören solche Leute auch hin. Aber hat der König auch wirklich keine Angst, dass umherstreunende Tempelritter die Wälder unsicher machen?"

„Ach woher denn, die haben gewinselt wie die Weiber. Keiner hat auch nur versucht zu kämpfen, alle haben sie um ihr Leben gefleht und sich die Hosen vollgemacht. Das sind keine richtigen Männer." Er spuckte verächtlich auf den Boden aus.

Arnulf spürte, wie er weiß vor Wut wurde. Doch der Mann deutete es ganz anders.

„Ja", sagte er und schaute Arnulf an, „stellt euch vor, solche Leute haben wir mit unserem Kirchzins genährt. Schlangenbrut und Teufelssöhne. Da kann man wirklich wütend werden."

„Das ist wirklich himmelschreiend", quetschte Arnulf hervor.

„Aber sie haben jetzt ihre gerechte Strafe", wandte de

Montpasson ein. „Ach", sagte er, „es ist spät, und wir müssen morgen wirklich früh weiter, der Weg ist noch lang. Was haltet ihr davon, schlafen zu gehen?" Alle stimmten zu und so standen sie auf und zogen sich zurück.

„*A*rnulf, bist du noch bei Sinnen?" Den ganzen Vormittag hatte Markus gewartet, bis er ungestört mit Arnulf sprechen konnte. „Kannst du dich nicht besser beherrschen? Wenn der Kerl Verdacht geschöpft hätte!"

„Hat er ja nicht." Arnulf atmete tief durch. „Ja, ich weiß, ich hab mich wie ein Idiot benommen. Wie schafft ihr es nur, euch so im Zaum zu halten?"

„Wir schaffen es halt. Schließlich hängt unser aller Leben davon ab! Oder möchtest du wirklich erst gefoltert und dann gebraten werden wie ein Schwein, bloß bei lebendigem Leib?!"

„Nein, stell dir vor, das möchte ich tatsächlich nicht." Arnulfs Sarkasmus ließ Markus unwillkürlich schmunzeln. „Doch ich gebe zu, solche Schmähungen sind schwer für mich zu ertragen. Ich war noch nicht lang genug im Kloster, um mich an sie zu gewöhnen." Er lächelte gequält. „Und was machen wir jetzt?"

„Was sollen wir wohl jetzt machen", schaltete sich de Montpasson ein. „Wir haben erfahren, was wir wissen müssen. Der König wird nie zugeben, dass einige von uns entkommen sind. Er wollte vollständigen Erfolg, also gab es vollständigen Erfolg." Er holte tief Luft. „Unser armer Großmeister und viele unserer Brüder sind zu Märtyrern geworden. Viele andere werden noch folgen. Möge Gott ihnen Kraft geben und vergeben, wenn sie unter der Folter gefallen sind, und möge er sie in seine Herrlichkeit aufnehmen. Und wir? Was hat sich für uns geändert? Anscheinend sucht wirklich niemand nach uns. Das ist gut. Wir sind vogelfrei. Das ist schlecht. Aber wussten wir das nicht vorher? Wir müssen nun sehen, wie wir von hier wegkommen."

„Und wo meint ihr, sollen wir hin?" Arnulf sah de Montpasson direkt an. „Wir laufen nun eine Woche durch die Wälder der Normandie. Wohin wollen wir eigentlich?"

„Wir hatten doch gesagt, dass wir nach Schottland gehen", meinte de Montpasson.

„Aber warum sind wir dann noch nicht an der Küste? Warum ziehen wir kreuz und quer durch das Land?"

Markus sah Arnulf an. „Arnulf, überleg mal. Wenn wir gesucht werden, wo werden dann die Ritter des Königs auf uns warten?"

„Aber sie suchen uns doch gar nicht."
„Und woher sollten wir das wissen? Außerdem: Willst du dich wirklich auf das Wort eines Bauern aus einem Dorf verlassen? Was ist, wenn der König nur heimlich nach uns suchen lässt! Davon muss doch niemand wissen. Oder meinst du wirklich, ihm ist es egal, ob wir noch frei herumlaufen oder nicht? Wenn er davon erfährt, wird er uns sicher hochnehmen! Und wo kann er uns am ehesten finden? Dort, wo jeder nach Britannien fährt!"
„Und wie wollt ihr dann dahin kommen? Fliegen wie ein Vogel? Über den Landweg aber sicher nicht!"

„Sei nicht so ungeduldig, Arnulf", mischte de Montpasson sich ein. „Natürlich gehen wir zur Küste. Aber eben an einem Ort, wo das niemand erwartet. Außerdem habe ich da Freunde, auf die ich mich verlassen kann."

„Und was sind das für Leute?"

„Verwandte von mir." De Montpasson sah Arnulf an und lächelte. „Auch ich bin Normanne. Ganz hier in der Nähe steht die Burg meiner Eltern. Mein ältester Bruder ist jetzt ihr Herr. Für ihn kann ich die Hand ins Feuer legen. Und was das Beste ist, die Burg liegt direkt an der Küste. Und er hat ein gutes Schiff, das uns überallhin tragen wird, wo wir auch hinwollen."

Arnulf atmete tief durch. „Und wie lange ist es noch bis dorthin, mein Vater?"

„Pst!!!" De Montpasson und Markus blickten Arnulf wütend an. „Reiß dich zusammen", zischte Markus, „wir reden uns mit Vornamen an, weißt du das nicht?"

„Doch, aber daran gewöhnt habe ich mich noch nicht." Arnulf blickte sich unwillkürlich um, doch es gab keinerlei Anzeichen, dass irgendjemand ihn gehört hatte. Die Straße war frei und auf den Feldern ringsum gab es keine Menschenseele. „Also gut, Entschuldigung, Rainier, wie weit ist es noch?"

„Noch zwei bis drei Stunden." Rainier de Montpasson klopfte Arnulf auf die Schulter. „Halte durch, Arnulf, wir haben es fast geschafft. Noch zwei, vielleicht noch drei Stunden und wir sind in Sicherheit. Dann steigen wir auf ein Schiff und in ein paar Tagen sind wir frei zu tun und zu lassen, was wir wollen."

Arnulf zuckte unwillkürlich zusammen. „Ich werde immer ein Mönch bleiben", sagte er sich. „Ich werde immer Tempelritter sein und für den Glauben streiten. Mögt ihr auch tun, was ihr wollt, ich werde Gott dienen."

*D*ie Wellen schlugen hoch und Arnulf hatte das Gefühl, die ganze Welt würde sich um ihn drehen. Das Schiff schlingerte und stampfte, stampfte und schlingerte, sauste rauf und runter, runter und rauf, Wellenkamm und Wellental.

Arnulfs Magen schien jede Bewegung schmerzhaft nachzuvollziehen und hatte bereits seinen gesamten Inhalt von sich gegeben. Dennoch kam er nicht zur Ruhe und immer wieder würgte Arnulf etwas hervor, wobei er meinte, seine ganzen Eingeweide würden ausgewrungen werden. Er fühlte sich fiebrig und konnte sich kaum auf den Beinen halten.

Markus und de Montpasson betrachteten ihn mitleidig. „Was ist, Arnulf?" Markus konnte sich den Spott nicht verkneifen. „Macht das bisschen Wind dich schon seekrank? Was wirst du erst tun, wenn ein Sturm aufzieht? Du bist doch auch Normanne! Du musst doch auf See zu Hause sein!"

Arnulf verzog gequält das Gesicht. „Mein Zuhause ist 50 Meilen vom Meer entfernt. Als Kind wusste ich gar nicht, dass so etwas wie ein Meer existiert. Das einzige Gewässer, das ich kannte, war der Waschzuber, in dem mich mein Kindermädchen abschrubbte."

Markus und de Montpasson brüllten vor Lachen. „Na, da haben wir ja eine schöne Landratte unter uns." Markus schlug Arnulf kameradschaftlich auf die Schulter, der dabei fast in die Knie brach. Wehmütig dachte er an die letzte Zeit an Land zurück.

Der Bruder von de Montpasson hatte sie in aller Heimlichkeit empfangen und fürstlich bewirtet. Man sah ihm an, wie froh er war, seinen Bruder heil wiederzusehen. Die anmutige 15-jährige Tochter hatte ein leichtes Kribbeln im Magen in ihm ausgelöst, dass er aber sofort unterdrückte. „Du dienst Gott", schalt er sich.

Einen Tag später führte Jacques de Montpasson sie alle auf einen Dreimaster für die Überfahrt nach Britannien. Er übergab sie an seine treuesten Leute mit der Weisung, sie nach Schottland zu bringen. „Das sind meine Braven, für jeden lege ich die Hand ins Feuer. Sie würden für mich durch die Hölle gehen", sagte er zum Abschied.

Nun waren sie schon drei Tage auf diesem verwünschten Meer. Obwohl sie immer an der britannischen Küste entlangfuhren, schien Arnulf die See haushoch zu gehen. Zuerst hatte ihm die Fahrt sogar Spaß gemacht. Sie hatten guten Wind und kaum Seegang. Arnulf hatte sich fröhlich angehört, wie Markus und de Montpasson fast jede Minute sagten: „Ach, was habe ich das vermisst. Endlich wieder Schiffsplanken unter den Füßen."

Dann aber frischte der Wind auf. Die Begeisterung seiner Gefährten hatte sich noch gesteigert, aber er... Wenigstens versicherte ihm der Kapitän, dass Seekrankheit zwar äußerst unangenehm, aber folgenlos sei.

„Umpf." Das Schiff sackte wieder durch und schoss gleich darauf in die Höhe. Arnulf schluckte verbissen seinen

Magensaft hinunter. Er fragte sich, wie lange er diese Tortur noch durchstehen musste. Sieben Tage sollte die Überfahrt dauern, wenn alles gut geht, hatte der Kapitän gesagt. „Was heißt, wenn alles gut geht?" Arnulf fragte sich, ob gerade alles gut ging oder die Reise sich verzögerte, oder … vielleicht ging es ja sogar schneller? Diese Hoffnung ließ ihn sich gleich besser fühlen.

Er drehte sich zum Kapitän um und blickte ihn hoffnungsvoll an. Vielleicht würde er ja verkünden, dass sie durch den starken Wind einen Tag früher…

Doch der blickte nur mitleidig zurück. „Der Wind ist zu schwach, Herr", meinte er, „wir brauchen einen Tag länger. Aber seid unbesorgt. Morgen wird es Euch schon besser gehen, da habt Ihr Euch an den Seegang gewöhnt."

Arnulf konnte es nicht fassen. Der Wind war zu schwach! Da schien der Spott von Markus ja zu stimmen. Er war wirklich eine absolute Landratte. Er hing über der Reling, aber der Wind war zu schwach!

Wider Erwarten ging es Arnulf in den nächsten Tagen wirklich besser. Er begann sogar, die Fahrt neu zu genießen. Fröhlich saß er mit Markus und de Montpasson an Deck und schwatzte. Selbst die schwere Seemannskost schmeckte ihm wieder und er ließ sich sogar zu kleinen Hilfsdiensten an Bord einteilen. Mit den Matrosen bediente er die Taue für die Segel oder schrubbte das Deck. Markus lachte ihn vergnügt an. „Na, aus dir wird noch ein richtiger Seebär", freute er sich und knuffte ihn in die Seite.

„Mach lieber mit", meinte Arnulf fröhlich. „Ich halte es vor Langeweile nicht aus ohne Arbeit. Wie könnt ihr nur immer herumsitzen, ohne durchzudrehen?"

Es wurde im Ganzen doch noch eine schöne Überfahrt. Arnulf hatte es sich nicht träumen lassen, dass er sich fast wünschen würde, dass sie noch länger anhält. Doch nach achteinhalb Tagen setzte sie der Kapitän schließlich mit den besten Wünschen und Proviant an der rauen Küste Schottlands ab.

*D*ie wilde Schönheit Schottlands nahm Arnulf sofort gefangen. Mächtige Berge, die bis in den Himmel zu ragen und die Wolken zu berühren schienen. Dazwischen grüne Täler. Dichter Nebel, der sich innerhalb von Minuten wie ein Vorhang aufzog und den Blick auf ein atemberaubendes Panorama freigab. Die Sonne, die an einer Stelle durch die Wolken brach und genau einen Punkt auf dem Land in helles Licht tauchte, während der Rest im Dunst blieb. Ständig wechselte die Szenerie vor seinem Auge, keine Minute glich der vorigen.

Arnulf versenkte sich in das Farben- und Lichtspiel und sog es in sich auf. Die letzte Zeit war nur von Angst und Sorge geprägt gewesen, Gedanken an die Zukunft und Misstrauen gegenüber jedermann. Arnulf verspürte eine tiefe Sehnsucht nach einem normalen Leben, nach Ruhe, Frieden, Sicherheit. Er wollte sich nicht sein ganzes Leben verstecken, verstecken, verstecken … Aber wie sollte es weitergehen? Würde er je ein normales Leben führen können? In welches Kloster sollten sie gehen? Wer würde sie aufnehmen? Wo würden sie unerkannt leben können? Würden sie als Einsiedler in den Wäldern hausen müssen? Von der Jagd leben? Jede menschliche Gesellschaft meiden, bis sie schließlich alle gestorben waren? Der letzte würde dann einfach daliegen und irgendwann würde man seine ausgebleichten Gebeine finden.

„Gott, was hast du mit uns vor?" Ganz tief aus seinem Innern quoll diese Frage hervor. „Warum das alles? Warum muss ich fliehen wie ein Übeltäter? Habe ich dir nicht mein Leben geweiht? Womit habe ich das verdient?"

Wieder und wieder zermarterte sich Arnulf das Gehirn. Diese Fragen waren wie eine Endlosschleife in seinem Kopf, die einfach nicht zu stoppen war. Arnulf wollte es sich nicht eingestehen, aber er war wütend; wütend auf die Welt, den französischen König, den Papst, wütend auf sich selbst, und, ja, er wagte es kaum zuzugeben: Arnulf war wütend auf Gott. Die Frage ließ ihn einfach nicht los: „Gehst du so mit deinen Dienern um?" Für den Glauben hatte Arnulf kämpfen wollen, Jerusalem, das Heilige Land wieder den Händen der Sarazenen entreißen. Und was hatte er bis jetzt getan? Geld gezählt, mit Geld gewuchert, mit Strauchdieben um Geld gekämpft, und schließlich musste er mit christlichen Rittern eines christlichen Königs – *seines* christlichen Königs – kämpfen, weil der seinen Orden mit fadenscheiniger Begründung auflösen und sie alle als Ketzer auf den Scheiterhaufen bringen wollte. Und jetzt war er vogelfrei in einem fremden Land, wusste nicht, was das Morgen bringen würde.

„Für Morgen wird Gott sorgen, Arnulf." Konnte Markus denn Gedanken lesen? Der schien diese Frage auf seinem Gesicht zu sehen. „Denk nur nicht, dass wir das alles so leicht nehmen, Arnulf." Markus lächelte gequält. „Ich glaube, es wäre höchst verwunderlich, wenn ich Gott verstehen würde. Ich frage mich auch die ganze Zeit, warum das geschehen musste. Wegen meiner Sünden? Schön, ich war unzüchtig gewesen, habe manche Frau gehabt, aber du und de Montpasson? Außerdem müssten dann viele Mönche um ihr Leben laufen."

Arnulf fühlte sich viel zu müde, um das Geständnis seines Freundes zu beachten. „Hat Rainier schon einen Plan?"

„Er hat etwas Geld. Und er spricht irgendwoher die Sprache von hier ganz gut. Rainier wird also versuchen, irgendwo im Hochland hier ein Stück Land zu kaufen. Alleine, um kein Aufsehen zu erregen."
„Und dann werden wir als Einsiedler leben."

Markus bemerkte den bitteren Unterton in Arnulfs Stimme. „Im Moment bleibt uns nichts anderes übrig." Er lächelte ermutigend. „Aber was in zwei Jahren sein wird – wer weiß?"

Die Ruhe des Freundes ließ Arnulf wieder Mut fassen. Genau, wer wusste denn schon, was in ein paar Monaten oder Jahren sein würde? Vielleicht würde der König sterben, vielleicht würde das Urteil aufgehoben werden, vielleicht würde niemand mehr auf sie achten, wer konnte das wissen? Er wandte sich wieder dem Lichtspiel der Sonne zu. Die nun sehr tief stehende Sonne tauchte die Landschaft in rosa und rotgoldene Farbtöne. Langsam verschwand der feuerrote Sonnenball hinter dem Horizont und die Dämmerung setzte ein. Alle drei waren von dem Farbspiel begeistert. Hier konnte man doch nur Gottes Größe loben!

Langsam machten sich die drei Männer daran, einen Platz zum Lagern für die Nacht zu suchen. Sie hatten sich gerade geeinigt und begannen, Holz für ein Feuer zu sammeln, da merkten sie, dass das Land noch eine Spezialität zu bieten hatte. Zuerst hatten sie die Schwärme kleinster Fliegen gar nicht beachtet, die sich auf sie zubewegten. Doch auf einmal fingen sie wie verrückt an, um sich zu schlagen. Das waren ja Mücken! So etwas hatte keiner von ihnen je erlebt. Tausende, Millionen, Myriaden kleinster Stechmücken stürzten sich auf sie. In Wolken schwirrten sie durch die Luft und ließen sich selbst durch wildes Rudern mit den Armen und Schläge auf jedes freie Fleckchen Haut nicht abhalten. Ehe sie sich versahen, wurden sie an allen Körperstellen gebissen, die überhaupt erreichbar waren.

„Schnell, Feuer machen", schrie de Montpasson, „mit viel Rauch. Holt Moos, wir müssen uns mit verkohltem Moos einreiben."

Arnulf konnte nicht anders, er musste schallend lachen. Das war endlich mal wieder etwas Normales. Diese Mücken wollten zwar ihr Blut, doch sie interessierte es nicht, wer sie waren. Sie waren einfach niedere Geschöpfe, die nur ihrem Instinkt folgten. Endlich einmal keine Angst vor Entdeckung, nur Mücken, Mücken, denen man mit Rauch und Ruß beikommen konnte.

Wenige Minuten später lagen sie dick eingemummt am Feuer. Der Qualm und das verkohlte Moos hatten ihnen Erleichterung verschafft. Verwundert stellte Arnulf fest, dass sich die Mücken bei Dunkelheit auch zu verziehen schienen. „Ein gutes hat diese Plage ja", sagte er in die Runde, „hier werden die Ritter des Königs sicher schnell Reißaus nehmen." Alles lachte laut auf. „Jetzt schlaft aber", sagte de Montpasson glucksend, „wer weiß, wie weit wir noch ziehen müssen." Beruhigt und zufrieden schliefen alle drei ein.

Arnulf seufzte auf. Schon drei Wochen zogen sie durch dieses karge Land. Die Schönheit der Natur nahm ihn immer noch gefangen, doch wie sollte es weitergehen? Um ihre Vorräte nicht zu erschöpfen, lebten sie von Wild und Kräutern. Aber es wurde schon merklich kühler und bald würde der Winter einsetzen. Was sollten sie dann tun? Obwohl: Mit ein bisschen Glück würden sie mit ihrem Essen über den Winter kommen, aber dann? Spätestens im Frühjahr brauchten sie Land und Saatgut, sonst würden sie als Bettler oder gar Vagabunden enden. Arnulf schauderte. „Lieber verhungere ich", schwor er sich. So tief wollte er auf keinen Fall sinken.

Rainier de Montpasson hielt an. „Ich werde einmal kurz zu dem Landgut dort gehen", sagte er, „vielleicht geben sie uns ein Stück Land." Sie waren vorhin an einigen Bauernhöfen vorbeigekommen, manche schienen leer zu stehen. Einer davon war weit von den anderen entfernt, wie geschaffen für Einsiedler, wie sie es sein wollten.

Arnulf und Markus setzten sich in das weiche Moos und dösten vor sich hin. Schon wieder neigte sich die Sonne im Westen dem Horizont zu. Bald würde es stockfinster sein. Die Tage wurden merklich kürzer, aber die Temperatur war noch erstaunlich warm. Arnulf fand das sonderbar. Eigentlich müsste bald schon der erste Schnee fallen. Und sie waren noch viel weiter nördlich als in der Heimat. Markus hatte ihm gesagt, das läge an dem Meer. Das Wasser wäre sehr warm, selbst im

Winter. Eine warme Strömung von irgendwoher im Westen würde das ganze Jahr über warmes Wasser bringen. Deshalb wäre es in Schottland im Winter oft wärmer wie im Norden Frankreichs. Keiner wusste, woher diese Strömung kam, aber sie war da. Auf ihrer Wanderung hatten sie Palmen gesehen, mannshoch und grün. „Es friert hier nachts nicht, nicht einmal im Februar", hatte Markus gesagt. Arnulf hatte verwundert gedacht, wie ein bisschen warmes Wasser solch eine Wirkung haben konnte. Aber es war unerschöpflich, ununterbrochen wärmte es die Westküste Schottlands. „Eigentlich lässt es sich hier gut leben", dachte Arnulf. Selbst im Winter nicht zu kalt, im Sommer aber nicht zu heiß. Nur die Mücken störten ein wenig. Arnulf schlug gedankenverloren nach einer, die sich ihm ins Gesicht gesetzt hatte. Im Grunde kümmerten sie ihn gar nicht mehr, sie gehörten dazu wie der Torf, die Feuchtigkeit auf den Feldern und der ständige Regen, der sich mit Sonnenschein abwechselte.

In der ersten Woche war Arnulf dreimal in ein Wasserloch getreten, das unter der Grasnarbe verborgen lag. Jedes Mal hatte er beim Herausziehen seinen Schuh verloren und mühsam danach angeln müssen, sodass nicht nur sein Bein, sondern auch sein rechter Arm bis zur Schulter nass und schlammig war. Markus und Rainier hatten sich zuerst schier ausgeschüttet vor Lachen. Aber als Markus dann auch zweimal hintereinander mit gleichem Erfolg in ein solches Loch tappte, wurde er ruhiger und auch de Montpasson beherrschte sich.

„Und was möchtest du tun?" Die plötzliche Frage von Markus riss Arnulf aus seinen Gedanken. „Wie meinst du das?"

„Nun ja, irgendetwas müssen wir ja tun."
„Wir nehmen uns ein Stück Land und leben als Einsiedlermönche."
„Als Mönche, die gesucht werden und sich verstecken müssen?"
„Ich habe es Gott gelobt und nicht irgendeinem Menschen."

„Und zu welchem Orden gehörst du?" Arnulf entging nicht der spöttische Unterton in Markus Stimme.

„Moment mal, Markus, zweifelst du an deiner Berufung?"

Markus setzte sich auf und schaute den Freund direkt an. „Weißt du, Arnulf, ich wollte eigentlich nicht vogelfrei werden."

„Aber deshalb gibt man nicht gleich ein heiliges Gelübde auf."
„Und wem willst du hier dienen?"
„Gott und meinem Nächsten."
„Du machst wohl Witze, wer ist denn hier dein Nächster?"
„Ich habe Gott mein Leben gegeben, ich nehme es mir nicht zurück."
„Vielleicht hat Gott es dir wiedergegeben?"
„Warum?"
„Du wolltest Templer sein. Jetzt darfst du alles sein, bloß das nicht."
„Aber Mönch darf ich weiter sein."

„Dann geh doch mal in ein Kloster hier und schau, was sie mit dir tun!"

„Ich weiß selbst, dass die Situation verrückt ist. Mir behagt das alles nicht. Aber Gott möchte ich weiter dienen."

Markus schaute versonnen in die Ferne. „Ich frage mich, was das alles soll. Wie sollen wir weitermachen?"

„Du sagtest es doch selbst: Für Morgen wird Gott sorgen. Jetzt bleibt uns erst einmal sowieso nur, ein Stück Land zu suchen und als Einsiedler zu leben."

„Da hast du auch Recht. Aber schaffen wir das?"

„Ich habe gute Nachrichten!"

Sie hatten de Montpasson gar nicht bemerkt. Er strahlte über das ganze Gesicht. „Kinder, ich habe den abgelegenen Bauernhof gekauft. Ich habe sogar noch Geld übrig."

Regen, Regen, Regen. Seit vier Wochen nichts als Regen, Tag und Nacht. Sie gingen bei strömendem Regen schlafen, hörten ihn nachts auf das Dach trommeln, standen bei strömendem Regen auf.

Solange man sich im Haus aufhalten konnte, war es ja in Ordnung. Das Dach war dicht, die Wände trocken und das Feuer im Kamin prasselte fröhlich und behaglich vor sich hin. So ließ es sich wirklich aushalten. Nur zum Sterben langweilig war es. Was sollten drei gesunde Männer den ganzen Tag im Haus tun? Nicht nur Arnulf bekam langsam das Gefühl, dass sich die Wände auf ihn zubewegten. Wenigstens hatte er Bücher und konnte sich etwas beschäftigen. Er wollte sich trotz allem auf die Priesterweihe vorbereiten. Vielleicht konnten sie hier unter den Bauern eine kleine Gemeinde gründen.

Am späten Nachmittag hatte es plötzlich aufgehört zu regnen. Sogar die Sonne kam heraus. De Montpasson wollte die Gelegenheit nutzen. Doch obwohl auch Arnulf und Markus nach frischer freier Luft lechzten, blieben sie im Haus. Arnulf wollte unbedingt weiter studieren und Markus fühlte sich müde. „Vielleicht habe ich mich erkältet", meinte er.

„Gut, aber ich muss ein wenig raus." De Montpasson ging entschlossen zur Tür. „Ihr verpasst etwas."

Und draußen war er. Eine halbe Stunde später waren Arnulf und Markus froh, dass sie nicht herausgegangen waren. Es schüttete wie aus Eimern, als wollte der Regen die verlorenen

Minuten aufholen.

„Rainier wird pudelnass werden, und das mitten im Winter."

„Mmm." Arnulf war zu sehr in eine Schrift des Kirchenvaters Augustin vertieft, um auf Markus zu achten.

„Ich sagte, Rainier wird fürchterlich nass werden, bis auf die Haut!" Die Stimme von Markus klang scharf. Offensichtlich machte er sich um den Abbé Sorgen.

„Na gut, er wollte doch unbedingt raus." Arnulf drehte sich zu Markus um. „Ist er halt gleich frisch gewaschen. Wir wissen doch mittlerweile, wie schnell das Wetter hier umschlägt."

„Ich glaube, du verstehst nicht ganz." Die Stimme von Markus klang immer ungehaltener. „Rainier ist schließlich schon weit über vierzig."

„Aber er ist absolut in Form. Er ist kräftig, trainiert, kerngesund."

„Er ist weit über vierzig." Markus sprach, als wollte er einem störrischen Kind eine Lektion erteilen. „Weit über vierzig. Er wird sich die Erkältung seines Lebens holen, vielleicht sogar eine Lungenentzündung. Und wir haben keinerlei Medizin."

„Mal doch nicht gleich den Teufel an die Wand."
„Arnulf, ich mache mir wirklich Sorgen."
„Das merke ich."

„Wenn Rainier in zehn Minuten nicht da ist, gehe ich ihn

suchen."

„Und holst dir auch den Tod." Arnulf klappte sein Buch zu und wandte sich Markus zu. „Das bringt nichts, denk doch mal nach. Du weißt ja nicht einmal, wo er hin ist. Vielleicht stellt er sich irgendwo unter, bis der Regen wieder kurz aufhört. Dann kann er schnell nach Hause laufen."

„Hoffentlich hast du Recht."
„Markus, hör mal, Rainier ist kein Schwachkopf. Er weiß, was er tut. Er kann sehr gut auf sich aufpassen."
„Wenn er hier auf freiem Feld vom Regen überrascht wird, kann er überhaupt nichts tun. Nur laufen und durchnässt werden. Oder soll er sich im Torf verkriechen?"

Langsam ließ sich Arnulf von Markus Sorge anstecken. Aber noch wollte er ihn beruhigen. „Es muss nicht alles gleich so schlimm kommen, wie du denkst, Markus."

„Hier in der Nähe gibt es kaum Bäume, nur Gras und Moos."
„Nun gut, und was bringt es, wenn du dich jetzt verrückt machst? Reiß dich zusammen!"

Markus fing an, im Raum hin- und herzulaufen. „Warum musste er unbedingt einen Spaziergang machen? Konnte er nicht hier in der Nähe bleiben? Dann wäre er schnell im Haus gewesen!"

„Markus, Rainier ist kein Kind. Er ist unser Vater in Christus!"
„Auch ein Vater kann sich manchmal reichlich dumm

verhalten."

„Weshalb meinst du, dass Rainier sich dumm verhält? Bis jetzt hat er uns klug und mit Weitsicht geführt."

„Dass er heute unbedingt raus musste. Und dass er so weit wegging."

„Es tut ihm halt gut, ein wenig spazieren zu gehen. Das hält ihn gesund. Du sagtest doch selbst, er ist schon über vierzig. Er muss etwas für sich tun."

„Wenn er jetzt schwer krank wird, was sollen wir dann machen? Wir können ja noch nicht einmal einen Arzt rufen, wir würden sofort auffliegen."

„Dann werden wir Gott um Hilfe bitten. Schließlich weiß er, wie es um uns steht, und kann uns helfen."

In dem Moment klopfte es energisch an die Tür. Markus stürzte hin und sperrte auf. Vor ihnen stand de Montpasson, triefend vor Nässe und niesend. „Schnell, macht mir ein heißes Bad", sagte er bibbernd. Dann musste er fast lachen. „Was bin ich doch für ein alter Narr! Das musste ja so kommen! Nicht einmal einen festen Mantel hatte ich dabei!"

*D*rei Tage waren vergangen. Zuerst sah es so aus, als habe de Montpasson alles ohne Folgen überstanden. Er hatte eine eiserne Konstitution und Markus dachte schon, er hätte sich umsonst Sorgen gemacht. Aber letzten Abend fing der Abbé an zu fiebern und heute Morgen war es sogar noch schlimmer geworden. Heiß und nassgeschwitzt lag de Montpasson mit hochrotem Kopf auf seinem Lager. Gleichzeitig plagte ihn schwerer Schüttelfrost und nun war auch noch heftiger Husten hinzugekommen. Markus Befürchtungen begannen sich zu bewahrheiten. De Montpasson drohte, eine Lungenentzündung zu bekommen, wenn er nicht schon längst eine hatte. Sie brauchten dringend Hilfe, doch woher sollte die kommen?

Markus und Arnulf flößten dem Abbé Unmengen warmes Wasser ein. Vielleicht würden sie so das Fieber vertreiben? Doch es schien nichts zu nützen. Mittlerweise fing de Montpasson an zu fantasieren. Immer wieder sah er Traumgebilde oder hörte Geräusche, die es nicht gab. Sein Husten wurde schlimmer. Er warf sich apathisch auf seinem Lager hin und her. Sein Atem wurde flach und jeder Hustenanfall raubte ihm die Luft. Markus versuchte mit Kampfer gegenzusteuern. Sie rieben de Montpasson den Brustkorb mit wärmenden Salben ein und hofften, die ätherischen Öle würden ihm das Atmen erleichtern.

Am Abend fieberte de Montpasson schließlich so stark und atmete so schwer, dass Markus und Arnulf glaubten, das Ende sei nahe. Jeder Hustenanfall dauerte nun minutenlang. De Montpasson keuchte, die Atemzüge wurden immer schneller und oberflächlicher. Markus machte sich bereit, dem Abbé das letzte Abendmahl und die Sterbesakramente zu geben. Die Stimmung in der kleinen Hütte war gedrückt. Nun würden sie auch de Montpasson verlieren.

Es war nicht nur die Frage, wie es ohne ihn weitergehen sollte, die Arnulf umtrieb. De Montpasson war für ihn wirklich ein Vater geworden, zu ihm hatte er eine tiefere Beziehung, als er sie je zu seinem echten Vater gehabt hatte. Ihm kamen Szenen in den Sinn, wie de Montpasson sich in den letzten Monaten um sie alle gekümmert hatte. Seit seinem Eintritt in das Kloster hatte er für ihn gesorgt. Seit er Tempelritter war, hatte er zu allen Brüdern in der Komturei ein inniges kameradschaftliches Verhältnis. Man lebte zusammen, man übte zusammen, man focht zusammen.

Jetzt würde sie der Abbé verlassen. In Arnulf machte sich das Gefühl einer bleiernen Müdigkeit und des Fatalismus breit. War nicht einfach alles egal? Wen interessierte es überhaupt, ob sie lebten oder starben? Seine Eltern würden nie wieder etwas von ihm hören. Der letzte Abschied war wirklich für immer gewesen, erst im Himmel würden sie wieder vereint sein. Vielleicht war inzwischen der Vater gestorben oder die Mutter, vielleicht der Bruder in einem unsäglichen Kampf gefallen. Vielleicht war die Schwester schon verheiratet, vielleicht würde sie in wenigen Monaten im Kindsbett sterben –

interessierte das noch? Seine Welt war komplett zusammengebrochen. Gejagt und gehetzt wie ein wildes Tier, Angst vor dem eigenen Schatten, ständiges Misstrauen gegenüber jedem anderen Menschen, das war nun sein Alltag. Und jetzt? Bald würden sie nur noch zwei sein. Wie lange würde es dauern, bis nur noch einer da war? Und dann? Ihn würde nicht einmal jemand christlich bestatten!

Vielleicht wäre es besser, wenn es bald vorbei war? Was sollte ihm noch dieses Leben? Versteckt vor jedem anderen menschlichen Wesen war er ohne jede Möglichkeit, irgendjemandem in irgendeiner Weise nützlich zu sein. Arnulf schauderte bei den Gedanken, dass er der letzte sein könnte, der seinen Mitbruder bestattet und dann nur noch auf den erlösenden Tod wartet, seine Tage in trostloser Einsamkeit verbringt, bis er irgendwo in den Staub niedersinkt und in ein paar Jahren vielleicht jemand seine Gebeine findet.

Was war mit den anderen? Wie viele Gruppen hatten es geschafft, sich in Sicherheit zu bringen? Wo waren sie jetzt? Wie viele waren von Häschern des Königs entdeckt worden? Hatten einige ihr heiliges Gelübde aufgegeben und lebten als normale Leute, nur um nicht aufzufallen? Tauchten in der großen Masse der Bauern oder Handwerker unter? Hatte doch jemand verraten, dass seine Eltern flüchtigen Templern Unterschlupf gewährt hatten? Schmachteten sie bereits in einem Kerker und warteten auf einen Prozess, der gar keiner war?

Noch nie in seinem Leben hatte sich Arnulf so einsam gefühlt. Wofür lohnte es sich eigentlich noch zu leben? Weshalb sollte er überhaupt noch kämpfen? Ob er morgen noch da war oder auch nicht interessierte keinen Menschen auf Gottes weiter Erde. Arnulf wäre glücklich gewesen, wenn er in diesem Augenblick einfach eingeschlafen wäre. Einfach einschlafen ohne aufzuwachen. Eine kaum bezwingbare Todessehnsucht überkam ihn. War das nicht sowieso ihr Ziel? Wenn er starb, kam er in Gottes Herrlichkeit. Wozu sollte er an diesem Leben hängen? Wozu sich abmühen, um noch ein paar weitere klägliche Jahre in Mühe und Einsamkeit zu verbringen?

Plötzlich richtete sich der Abbé auf. „Markus, Arnulf.“ Seine Stimme klang ziemlich schwach und sein Atem ging immer schwerer. „Hört mir zu. Vor ein paar Tagen traf ich eine Frau. Sie wohnt auf dem Bauernhof hinter dem Hügel. Sie ging durch die Felder und pflückte Kräuter.“ Arnulf verstand nicht, doch Markus Augen begannen zu leuchten. „Eine Heilkundige, die sich mit Heilkräutern auskennt.“ De Montpasson nickte. „Markus, schnell, nimm mir die Beichte ab, falls ich es nicht schaffe. Und dann lauf so schnell du kannst zu dem Bauernhof. Vielleicht kann sie mir helfen.“ Markus wurde plötzlich sehr geschäftig. Arnulf aber überkam ein unangenehmes Gefühl, doch er sagte nichts und trat wortlos vor das Haus. Ein paar Minuten später trat Markus vor die Tür. Das Priestergewand rollte er im Laufen zusammen und warf es Arnulf zu.

„Hier nimm, ich muss mich beeilen.“

„Sag mal, Markus…"

„Ja, was ist?" Markus hielt im Laufen inne.

„Findest du es richtig, eine Heilkundige zu holen?"
„Weshalb?"
„Wer weiß, was die so macht. Vielleicht ist sie eine Hexe!"
„Eine Hexe?! Warum?"
„Na, sie kann doch heilen."

„Arnulf", Markus verdrehte die Augen gen Himmel, „Arnulf, Bruder, bleibe auf dem Boden. Eine Heilkundige kennt sich mit Kräutern und Heilpflanzen aus. Die *Pflanzen* heilen, Arnulf, und sie weiß eben, welche." Er atmete tief durch. „Ich muss jetzt aber wirklich los. Rainier braucht dringend Hilfe." Er lief schnellen Schrittes fort. Arnulf seufzte. Er verbarg das Priestergewand sorgfältig und ging in die Hütte, um sich um Rainier de Montpasson zu kümmern. Die Hustenanfälle nahmen zu, doch er schien Hoffnung zu schöpfen. Arnulf gab ihm weiterhin viel Wasser und setzte ihn aufrecht, damit er besser atmen konnte.

Nach ein paar Minuten schwang die Tür auf und Markus trat ein. Auf seinem Fuß folgte eine Frau mittleren Alters. Sie sah abgearbeitet aus, hatte aber kluge und warme Augen. In ihrer Begleitung war ihre Tochter, ein bildhübsches Mädchen von sechzehn Jahren. Ehe sich Arnulf versah, versenkte sich sein Blick in ihr anmutiges Gesicht. Doch dann riss er sich zusammen.

„Schnell, mach Wasser heiß", sagte die Mutter in schottischer Mundart und wandte sich sofort dem Kranken zu, während die Tochter gleich zum Kamin lief. Sie fühlte de Montpasson die Stirn, dann seinen Puls und murmelte: „Das Fieber ist wirklich hoch, aber Ihr seid stark." Dann holte sie aus einer Tasche eine Handvoll Kräuter heraus und zerrieb sie in die Schüssel mit dampfend kochendem Wasser, die ihr ihre Tochter reichte. Sofort breitete sich ein würziger Geruch im Raum aus. „Gebt mir ein Tuch", sagte sie zu Arnulf. Der reichte ihr das Gewünschte. Sie stellte die Schüssel vor de Montpasson, und bedeckte mit dem Tuch seinen vornübergebeugten Kopf und die Schüssel. „Einatmen", kommandierte sie, „tief einatmen, das macht Eure Lunge frei."

De Montpasson keuchte und atmete hechelnd. Plötzlich fing er an zu husten und zu spucken.

„Gut so, tief einatmen, so tief es irgend geht."

Der nächste Atemzug wirkte schon tiefer. Dann folgte wieder ein Hustenanfall und de Montpasson schien etwas auszuspucken.

„Gut so, nur Mut, das muss alles raus, tief einatmen."

Die ganze Prozedur dauerte zwanzig Minuten, bis das Wasser kalt war. Immer wieder hustete de Montpasson und spuckte. Doch er schien immer tiefer und ruhiger zu atmen. Schließlich schlug die Frau das Tuch zurück und schaute in die Schüssel. Zufrieden gab sie sie Arnulf, der sah, dass eine ganze Menge gelblicher Schleim darin war. „Schüttet es einfach in die Grube", meinte die Frau und ließ sich eine Tasse heißes Wasser geben.

Bewundernd sah Arnulf in die Schüssel, während er zum Abort ging, um sie auszuleeren. Das sollen einfache Kräuter können? Er konnte nicht anders, irgendwie quälte ihn immer noch das Misstrauen. Als er wieder hereinkam, flößten die Frau und ihre Tochter de Montpasson eine Tasse Tee ein. „Das senkt das Fieber und lässt Euch ruhig schlafen", erklärte sie.

Ehe sich Arnulf versah, war er wieder von der schönen Tochter gefangen. Er verlor sich in dem Anblick ihres kastanienbraunen Haares, den Locken, die ihr ungebändigt und doch spielerisch über die Wange fielen. Verzückt betrachtete er ihre grazile Nase, die wohlgeschwungenen Augenbrauen und die vollen Lippen, die immer freundlich und warm zu lächeln schienen. Er konnte sich nicht losreißen von ihren rehbraunen Augen, die konzentriert und doch anmutig auf die Mutter blickten.

Plötzlich meinte Arnulf, neben sich ein amüsiertes Hüsteln zu hören. Er sah sich um und erblickte Markus, der breit grinste. Arnulf spürte, wie er rot wurde. Schnell wandte er sich ab und schalt sich einen dummen Narren. „Bist du verrückt geworden?", schimpfte er in Gedanken. „Starrst dieses Bauernmädel an, als wäre es ein Wesen aus einer anderen Welt." Obwohl, eigentlich war sie das ja, viel Arnulf ein. Sie gehörte nicht zu seiner Welt, und das hatte auch so zu bleiben. Er war ein Mönch und wollte es auch bleiben. „Werde jetzt bloß nicht schwach", ermahnte er sich. „Bloß weil deine Welt zerbrochen ist, kannst du jetzt nicht deine Berufung aufgeben." Immer noch wollte Arnulf Gott von Herzen dienen und Priester werden. Arnulf entschloss sich, der schönen Bauerntochter von nun an aus dem Weg zu gehen. Festen Schrittes ging er nach draußen vor das Haus.

Als er sich sicher war, dem Mädchen nicht wieder zu begegnen, ging er zurück in die Hütte. De Montpasson lag friedlich auf seinem Lager und schlief. Sein Atem ging ruhig und regelmäßig. Neben ihm stand eine halbvolle Schüssel mit Haferbrei, den er gegessen hatte. Wieder überkam Arnulf ein ungutes Gefühl. Was waren das für Kräuter, die einen Todkranken retten konnten? Waren das wirklich nur Pflanzen? Oder sammelte sie die Frau bei Vollmond und murmelte dabei abscheuliche blasphemische Formeln und verwandelte sie mit widerlichen Ritualen in mächtige Medizin?

Etwas später sprach Arnulf Markus noch einmal darauf an. „Markus, wie können einfache Kräuter so etwas tun? Eben noch war Rainier dem Tod nahe und jetzt ist er fast gesund. Das kann nicht mit rechten Dingen zugehen."

Markus verdrehte erneut die Augen. Dann sprach er mit betont ruhiger Stimme: „Arnulf, hör mir jetzt genau zu. Es sind wirklich nur die Kräuter, hörst du?"

„Woher weißt du das?"
„Weil ich selbst weiß, wie manche Kräuter wirken. Was meinst

du, was du zu Hause im Klostergarten gepflegt hast?"

„Nun gut, Kräuter, aber doch nicht solche."

„Doch Arnulf, genau solche. Sie waren von Andrés Frau."

„Von Andrés Frau? War sie etwa …"

„ …eine Heilkundige, genau."

„Aber ich habe die Kräuter doch selbst gepflückt und getrocknet. Sie waren doch für die Küche!"

„Nicht alle."

„Aber ich habe sie doch …"

„Ja, du hast sie gepflückt und getrocknet und sogar in Gläser getan. Und was für widerliche Rituale hast du dabei ausgeführt?"

„Hör auf zu spotten. Habe ich wirklich die Kräuter für eine Heilkundige gehegt und gepflückt?"

„Ja, das hast du. Und sie nahm sie einfach und machte Tees und Salben daraus. Selbst die Salbe, mit der wir Rainier einrieben, stammte von ihr."

„Und warum half sie dann nicht?"

„Sie reichte einfach nicht aus, er war schon zu krank."

„Und jetzt ist er plötzlich gesund."

„Da kannst du ganz beruhigt sein. Der Tee hat das Fieber nur einstweilen vertrieben. Morgen wird es mit geballter Wucht zurückkehren. Nein, nein, Rainier ist noch schwer krank. Deshalb wird die Frau noch länger kommen, um nach ihm zu sehen."

Arnulf zuckte zusammen bei dem Gedanken, dass die Bauersfrau und ihre Tochter weiterhin kommen würden, doch das schien Markus zu entgehen. „Bestimmt kommt morgen die Mutter alleine", beruhigte sich Arnulf in Gedanken. Doch er beschloss, vorsichtshalber vorher aus dem Haus zu gehen und ihr nicht über den Weg zu laufen.

*A*m nächsten Morgen war das Fieber wieder da. Dennoch wirkte Rainier de Montpasson kräftiger als am Vortag. Sie gaben ihm Tee und rieben ihm wieder den Brustkorb ein. Dazu packten sie ihn in warme Decken, damit er schwitzte.

Nachmittags versuchte Arnulf gerade geduldig, de Montpasson etwas Haferbrei zu geben, als es klopfte und die Tür der Hütte aufschwang. Herein kamen die Bauersfrau und ihre Tochter. Sofort begannen sie, sich um den Kranken zu kümmern. Die Frau schien zufrieden zu sein. De Montpassons Zustand war schon weitaus besser. Trotzdem bereitete sie Tee aus Kräutern und gab ihn ihm zu trinken. Arnulf beobachtete sie fasziniert. Sicher holte ihre Hand das richtige Kraut aus ihrer Tasche, sie schien überhaupt nicht zu zögern. Sie bereitete aus Fett und Kräutern eine Salbe und gab Arnulf und Markus die Anweisung, de Montpasson dreimal täglich damit einzureiben. Dann sagte sie zu ihm: „Ihr seid wirklich kräftig. Es geht Euch besser als ich dachte. In zwei Wochen seid Ihr wieder ganz gesund. Ich komme die nächsten Tage noch vorbei."

„Danke, gute Frau", sagte de Montpasson und lächelte sie dankbar an.

Ohne es zu wollen glitt Arnulfs Blick zu dem Mädchen und sofort war er wieder von ihr gefangen. Verzückt betrachtete er ihre grazilen Arme und die wunderschönen, elfengleichen Hände, die so kräftig und geschickt und doch so zart wie feinstes Porzellan zu sein schienen.

Wieder weckte ihn Markus amüsiertes Hüsteln aus seinen Gedanken. Entschlossen stand er auf und trat vor die Hütte. „Warum habe ich das nicht vorher gemacht?", schalt er sich in Gedanken. „Ich wollte doch gar nicht mehr da sein, wenn sie kommt." Aber es war auch zu dumm. Mussten diese Frauen auch gerade kommen, als er Rainier zu essen gab? Andererseits, er wusste ja, dass sie wohl nachmittags kommen würden. Er hätte also die Gelegenheit gehabt, nicht da zu sein.

Kurze Zeit später trat Markus mit den beiden Frauen vor die Tür. Die Bäuerin gab ihm ein paar Anweisungen, wie Rainier gepflegt werden musste. Sie trat zu Arnulf: „Ich habe eurem Bruder schon gesagt, Ihr solltet eurem Vater ein wenig Fleischbrühe geben. Ihr könnt bei uns etwas Rindfleisch bekommen." *Bruder? Vater?* Was in aller Welt hatte Markus ihr erzählt? Andererseits, wie sollte er sonst ihr Verhältnis erklären? Plötzlich schweifte sein Blick wieder zu der Tochter herüber und er konnte nicht anders, als sie anzuschauen. Er hörte gar nicht mehr, was die Mutter zu ihm sagte, es war wie ein fernes Rauschen. Doch er bemerkte auch, dass das Mädchen ihn keines Blickes wirkte, fast abweisend wirkte. Das gab ihm einen Stich, aber es erleichterte ihn auch.

„Habt Ihr verstanden, was ich Euch gesagt habe?" Die Worte der Bäuerin rissen ihn in die Gegenwart zurück. „Wie? Ja, äh, natürlich."

„Gut, wir müssen jetzt nach Hause. Aber ich denke, Euer Vater ist über den Berg. Morgen kommen wir wieder." Dann machten sie sich auf den Weg.

Wieder schalt sich Arnulf einen Narren, einen Toren, einen ... Was hatte er nur gemacht? Bestimmt war der Mutter aufgefallen, dass er überhaupt nicht zuhörte und stattdessen die Tochter anstarrte. Wenn schon Markus es bemerkte, was würde sie dann erst denken. „Noch ein Grund, morgen nicht zu Hause zu sein", dachte Arnulf. „Es wäre doch zu peinlich, morgen wieder die Tochter anzustarren wie eine Heilige. Vielleicht sollte er Holz hacken? Irgendetwas Körperliches tun, um seine überschüssige Kraft loszuwerden? Er holte das Beil hinter dem Holzstoß hervor und begann, Holzscheite zu zerkleinern. „Wenn ich das nur lange genug tue, bin ich so erschöpft, dass ich an nichts mehr denken kann."

Bis zur völligen Dunkelheit hatte Arnulf Holz gehackt. Immer, stetig, ohne Pause. Er musste sich beherrschen, nicht wie ein Wilder auf die Scheite einzuschlagen, doch dann hatte sich sein Gemüt beruhigt.

Schließlich konnte er kaum die Hand vor Augen sehen. Er blickte nach oben. Der Himmel war klar, die Sterne hingen wie Trauben und leuchteten wie Diamanten. Die Milchstraße zog sich wie ein gleißendes Diadem über den Himmel. Auf einmal überwältigte Arnulf die Größe des Schöpfers, der dies geschaffen hatte. Unendlich viele Sterne funkelten am Himmel um die Wette, zahllos, nicht zu erfassen. Wie groß Gott doch ist! Wieder erneuerte Arnulf sein Gelübde, Gott mit ganzem Herzen zu dienen. Ganz privat versprach er Gott, dass ihm sein ganzes Leben gehören sollte. „Tu mit mir, was dir gefällt. Ich gehöre dir. Nur für dich will ich leben." Was würde es nützen, wenn er jetzt seine Berufung aufgeben würde? Gott war größer als alles andere. Was würde es bringen, ihm nicht ganz und gar zu dienen, wie er es gelobt hatte? Arnulf glaubte sich nun sicher vor der Anfechtung durch das Mädchen. Sie war wunderschön, doch mit der Majestät des Schöpfers konnte sie nicht mithalten. Sie würde irgendwann einen Bauernjungen heiraten und wie ihre Mutter einen Hof führen, und das war gut so. Er selbst hatte eine andere Bestimmung.

*E*s war ein üblicher Tag für diese Jahreszeit. Der Regen fiel vom Himmel, als lebten sie zu der Zeit von Noahs Sintflut. Es gab nicht eine Minute Pause. Arnulf hatte sich vorgenommen, nicht im Haus zu sein, wenn die Bäuerin mit ihrer Tochter kam, doch das war unmöglich. Fast beneidete er Rainier. So geschwächt wie er war, schlief er noch die meiste Zeit und bekam von dem Dreckswetter nicht viel mit. Eine Hoffnung keimte in Arnulf auf. Vielleicht konnten Mutter und Tochter auch nicht aus dem Haus? Schließlich wollten sie sich nicht selbst den Tod holen!

„Sie werden zur gleichen Zeit wie gestern kommen", sagte Markus unvermittelt, als hätte er Arnulfs Gedanken gehört.

„Trotz des Regens?"
„Trotz des Regens."
„Aber dann werden sie selbst krank."
„Sie sind hier zu Hause, sie können damit umgehen."
„Vielleicht sollten wir uns von ihnen ein paar Ratschläge holen?"

„Ja, das müssen wir wohl." Markus schaute versonnen zu Boden. Dann blickte er Arnulf an. „Was sagst du zu der Tochter?"

„Was soll ich zu ihr sagen? Ein ganz normales Bauernmädchen."
„Und sonst nichts?"
„Was sollte sonst sein?"

„Du findest sie nicht hübsch?"

„Nun gut, hässlich ist sie nicht. Was willst du?"

Markus sah Arnulf direkt an. „Arnulf, ein Blinder würde bemerken, dass dir dieses Mädchen gefällt, ausnehmend gut gefällt."

„Was meinst du?"
„Du kannst die Augen ja gar nicht mehr von ihr lassen."

Arnulf seufzte. „Du hast recht, Vater, ich habe gesündigt", sagte er. „Ich werde die Buße tun, die du mir auferlegst."

„Arnulf, du verstehst mich nicht", sagte Markus, „ich habe nicht gesagt, dass du mit ihr Unzucht getrieben hast."

Arnulf schaute verwirrt. „Aber du sagtest doch, du hast bemerkt, dass mir dieses Mädchen gefällt."

„Das ist etwas anderes."
„Wieso?"
„Ich sage nicht, dass du sie geschändet hast, irgendetwas Unsittliches getan hast. Ich meine, dass dir die kleine Claudia einfach gut gefallen hat."
„Claudia heißt sie? Hübscher Name."
„Und ein hübsches Mädchen, aber du lenkst ab."
„Willst du mir nun die Beichte abnehmen oder nicht?"
„Du willst beichten? Das kannst du sofort tun. Aber ich denke nicht, dass du dies beichten musst."
„Warum nicht? Ich bin ein Mönch und habe gelobt, keusch zu

sein.“

„Das bist du doch.“

„Aber mir gefällt dieses Mädchen.“

„Arnulf, das ist ganz normal. Oder möchtest du, dass dir lieber Männer gefallen?“

„Also jetzt hör mal …“

„Na siehst du. Dass dir dieses hübsche Mädchen gefällt, ist vollkommen normal.“

„Und was willst du dann von mir?“

Markus holte tief Luft. „Arnulf, schon mancher hat gemerkt, dass Gott ihn nicht zum Mönch erschaffen hat.“

„Du meinst, ich wäre zu schwach dazu?“

„Ich sage, dass du vielleicht andere Gaben hast. Das ist in Ordnung. Schließlich gibt es doch verschiedene Aufgaben, oder?“

„Und du meinst, ich bin nicht zum Priester geeignet?“

„Das ist doch kein Fehler, Arnulf, du hast nur eine andere Aufgabe.“

„Weshalb meinst du, dass ich nicht einfach vom Teufel angefochten werde?“

Markus hielt einen Moment inne. Dann schaute er Arnulf direkt an. „Du weißt, dass ich nicht immer wie ein Mönch gelegt habe. Ich habe so manche Frau gehabt und nichts dabei gefunden.“

„Gut, du hast es gebeichtet und Buße getan und …“

Markus hob beschwichtigend die Hände. „Ja, ja, natürlich, und damit ist alles vergeben und vergessen, und das ist gut so. Aber Arnulf, eines ist mir nie passiert."

„Und das wäre?"

„Ich war nie so sehr in ein Mädchen vernarrt wie du."

„Ich verstehe nicht."

„Vielleicht willst du nicht verstehen? Ich habe die Frauen hübsch gefunden, die ich hatte, aber ich konnte von ihnen wegschauen. Ich gebe es zu, sie waren mir ziemlich egal, und ich ihnen auch. Wir suchten beide nur ein schnelles Vergnügen. Aber ich war nie *verliebt* in sie, verstehst du?"

„Da gibt es aber ein Problem, Markus. Ich habe Gott gesagt, ich will ihm ganz dienen und er soll mit mir tun, was er will. Gerade gestern habe ich es ihm neu gelobt."

„Ja, dann sollst du ihm aber auch nicht vorschreiben, was er mit dir zu tun hat."

So schnell wollte Arnulf seinen Widerstand nicht aufgeben. „Was würde Rainier dazu sagen?"

„Der hat mir doch gesagt, ich soll dich darauf ansprechen. Ich selbst hätte noch gar nichts gesagt." Wieder atmete Markus tief. „Arnulf, ich sage nicht, du sollst sofort dieses Mädchen heiraten. Denk einfach darüber nach. Bete, was dein Weg ist."

„Aber vielleicht ist sie gar keine Christin? Sie sammeln Kräuter und …"

„Arnulf, glaub es doch, sie kennen sich nur mit Heilkräutern aus. Du kannst wirklich unbesorgt sein. Als ich das erste Mal kam, empfing mich der Vater mit einem Segensgruß. Und mitten Raum hing sehr gut sichtbar ein schlichtes Holzkreuz."

„Aber ich will Tempelritter bleiben."

„Das wollen wir alle, obwohl", Markus schmunzelte, „das darf hier eh keiner wissen. Aber überleg doch mal: Es hat immer auch verheiratete Tempelritter gegeben."

Arnulf schüttelte den Kopf. „Aber ich wollte immer Mönch werden."

„Und wenn das nicht dein Weg ist? Du sagtest doch, Gott soll das mit dir tun, was ihm gefällt!"

„Weshalb meinst du, dass meine Gefühle für dieses Bauernmädchen nicht einfach verschwinden? Sie wird vielleicht bald irgendeinen Bauernjungen heiraten und weg sein."

„Und was machst du, wenn dir das nächste hübsche Mädchen begegnet? Du kannst dich doch nicht im Wald eingraben, bloß um keiner Jungfrau über den Weg zu laufen! Glaub mir, Arnulf, du würdest dich immer wieder verlieben."

„Da gibt es aber noch etwas. Diese Claudia würdigt mich keines Blickes. Sie wirkt auf mich sogar abweisend."

„Das zeigt einfach, dass sie ein anständiges Mädchen ist. Sie wirft sich nicht dem erstbesten an den Hals. Das sollte dir eigentlich recht sein."

„Und wenn sie mich gar nicht will?"

„Sei dir da nicht sicher. Du merkst es vielleicht nicht, aber sie ist dir bestimmt nicht abgeneigt, schließlich bist du ein fescher Ritter, auch wenn sie das nicht weiß. Und ich glaube, sie merkt schon, dass du ein gutes Herz hast und sie glücklich machen möchtest."

Später am Nachmittag kamen die beiden Frauen wieder, um nach Rainier de Montpasson zu sehen. Claudia wirkte heute noch hübscher als sonst. Der wetterfeste Mantel mit der Kapuze brachte ihr Gesicht erst richtig zur Geltung, das noch von ihren Haaren zart umspielt wurde. Die Nässe und Kühle des Tages hatten ihr Gesicht leicht gerötet, sodass es frisch wirkte und glänzte wie in der Sonne. Arnulf versuchte, zu den beiden Frauen ausgesucht höflich zu sein. Ehe er sich versah, sagte er zu Claudia: „Ich freue mich immer wieder, euch hier zu sehen. Eure Gesellschaft tut uns gut."

Sie wandte sich zu ihm um und lächelte ihn strahlend an. Es war ein anmutiges, unschuldiges Lächeln und dauerte nur einen Augenblick, doch sein Herz tat einen gewaltigen Freudensprung.

Später in seinem Bett konnte Arnulf lange nicht einschlafen. Er starrte die Decke an und dachte nach. Das war alles ein bisschen zu viel für ihn. Er war in ein Kloster eingetreten, um ein geistlicher Herr zu werden. Gott sollte sein Leben gehören. Plötzlich war er ein Vogelfreier, auf der Flucht wie ein Strauchdieb und fand sich in einem schönen, aber wilden und völlig fremden Land wieder. Und auf einmal wurde ihm geraten, zu heiraten und ein ganz normales Leben zu führen.

„Warum tut Gott das?" Wieder stellte sich Arnulf diese Frage. „Wie soll ich das verstehen? Dann wäre ich besser zu Haus geblieben. Ich hätte als ältester Sohn die Burg meines Vaters übernommen, hätte ein edles Fräulein geheiratet und wohlgeborene Kinder gezeugt. Ich hätte zeigen können, wie ein wirklich christlicher Ritter und Herr ist, anders als die anderen. Und jetzt? Warum das? Was würde Vater sagen, wenn er davon erfährt?"

Doch Arnulf war klar, dass sein Vater nie davon erfahren würde. Er wusste ja nicht einmal, wo er war, und sie durften sich auch nie wiedersehen. Aber war das nicht trotzdem verrückt? Er war ja von zu Hause fortgegangen, weil er gerade dieses normale Leben nicht führen wollte. Warum hatte Gott ihm nicht vorher gesagt, dass er das nicht konnte?

Auf einmal dachte Arnulf wieder an die sternenklare Nacht vom Vortag und die Größe Gottes. Wie konnte er glauben, ihn verstehen zu können. War es wirklich so, dass Gott genau das tat, worum er ihn gebeten hatte – ihn dahin zu führen, wo er ihn haben wollte?

„Zeige mir, was ich tun soll. Was ist richtig und was ist falsch?", betete Arnulf. Die nächste Zeit musste die Entscheidung bringen. Eines war Arnulf klar: Auf keinen Fall wollte er Claudia unglücklich machen. Wenn sie wirklich schon begann, sich Hoffnungen zu machen, musste er sich schnell entscheiden.

n den nächsten Tagen kamen beide Frauen regelmäßig nachmittags, um nach dem Kranken zu sehen. Arnulf versuchte nicht mehr, sich zu verstecken, es hätte sowieso keinen Sinn gehabt. Er bemühte sich, höflichen, normalen Umgang mit ihnen zu pflegen. Manchmal traf sich sein Blick mit dem von Claudia, verschämt und verstohlen. Immer mehr gewann er den Eindruck, dass es ihr Freude machte, wie er sich für sie interessierte. Sie zeigte ihm durch ihr warmes Lächeln, dass sie ihn gerne sah. Obwohl sie kaum Worte wechselten, schienen sie sich blind zu verstehen. Immer öfter trafen sich ihre Blicke und tauschten unausgesprochene Botschaften aus.

Arnulf bemerkte, dass Claudias Mutter längst nicht mehr verborgen war, was er für ihre Tochter empfand. Er wusste nicht, wie er sich verhalten sollte, versuchte aber, galant und höflich zu beiden zu sein. Zuerst wirkte die Mutter etwas misstrauisch, aber weil Arnulf keine Anstalten machte, sich der Tochter einfach zu nähern, wechselte ihre Stimmung. Arnulf bemerkte, wie sie ihn abschätzte. Schließlich sah er, wie sie ihn mit warmherziger Freundlichkeit betrachtete. Ihr Herz hatte er anscheinend auch gewonnen.

Immer mehr wurde Arnulf klar, dass die Entscheidung längst gefallen war. Er hatte sie getroffen, als er versuchte, Claudia seine Zuneigung zu zeigen. Und als sie deutlich genug zeigte, dass sie sie erwiderte, konnte er überhaupt nicht mehr zurück. Es wäre abgrundtief böse gewesen, dieses zarte, schöne Wesen zu enttäuschen. Damit hätte er ihr das Herz gebrochen, und das wollte er auf keinen Fall. Er wollte es erobern, wie sie sein Herz erobert hatte.

Nachts lag Arnulf lange wach. Obwohl er wusste, dass es keinen anderen Weg mehr gab, zögerte er noch. „Und wenn ich mir nur einrede, dass Gott mich so führt? Wenn ich ihm nicht gehorche, was dann?" Er zermarterte sich den Kopf und fand keine Ruhe.

Immer näher rückte der Tag, an dem er sich endgültig entscheiden musste. Rainier de Montpasson ging es immer besser. Er hütete schon längst nicht mehr das Bett, sondern stand immer länger auf. Bald würde die Hilfe der Bäuerinnen nicht mehr nötig sein. Dann würde es keine Möglichkeit für Claudia und ihn mehr geben, sich unbefangen zu treffen.

Schließlich kam der Tag. Rainier war gesund. Morgen würden die Frauen nicht mehr kommen. Auf einmal spürte Arnulf, dass Claudia ihn ansah. Er blickte auf und sah einen ängstlich fragenden Blick. „Magst du mich wirklich, oder war alles nur ein Spiel?", schienen ihre Augen zu fragen. Arnulf wurde von seinen Gefühlen beinahe überwältigt. Wie konnte er jetzt nein sagen? „Ich liebe dich", sagten seine Augen. „Ich liebe dich mehr als mein Leben, mehr, als ich je einen Menschen geliebt habe." Arnulf sehnte den Augenblick herbei, ihr dies auch mit Worten sagen zu können, immer für sie da sein zu können. Er fürchtete, Claudia würde ihn nicht verstehen, deshalb öffnete er ein wenig seine Arme, um anzudeuten, wie gerne er sie umfangen und umarmen würde. In dem Moment war es, als ob die Sonne in Claudias Gesicht aufging. So ein Strahlen hatte er bei ihr noch nie gesehen. Ihre Augen leuchteten und sie sah aus wie der glücklichste Mensch auf der Welt.

„Das bist du nicht", dachte Arnulf. „*Ich* bin der glücklichste Mensch auf Gottes Erde." Die Entscheidung war gefallen.

Doch plötzlich befielen Arnulf ängstliche Zweifel. Wenn er sich nun in der Mutter geirrt hatte? Er brauchte sie auf seiner Seite, um um Claudias Hand anhalten zu können, sie konnte den Vater überzeugen. Und was, wenn der Vater komplett gegen ihre Verbindung war?

Als sich die Frauen verabschiedeten, schwanden Arnulfs Zweifel. Die Bäuerin sprach ihn direkt an und meinte: „Ich denke, Ihr werdet uns bald besuchen kommen?" „Ja, gute Frau, ich werde bald zu Euch kommen", sagte Arnulf entschlossen. Er blickte Claudia an und ihr Lächeln wirkte fast noch schöner als das vorige.

Als sie weg waren, stand Arnulf ein paar Minuten in Gedanken versunken neben der Tür. Dann drehte er sich um und wandte sich an de Montpasson. „Vater, kann ich heute mit dir sprechen? Ich möchte dich etwas sehr Wichtiges bitten."

„Schön, Arnulf", sagte de Montpasson und schmunzelte. „Ich habe schon lange darauf gewartet, dass du kommst."

Lange und ausgiebig sprachen Arnulf und de Montpasson

miteinander. Arnulf hatte doch befürchtet, dass Rainier ihm irgendwie ein schlechtes Gewissen machen würde. Aber er wollte ihm im Gegenteil alle Gewissensbisse nehmen. Immer wieder sagte er: „Ich habe dich genau beobachtet, Arnulf, du hast dich völlig korrekt und gesittet verhalten."

Es stimmte auch, dass Rainier de Montpasson Markus geschickt hatte, um mit ihm zu reden. „Du bist kein Mönch, Arnulf", redete de Montpasson ihm zu. „Du hast es aufrichtig versucht, aber das ist mehr als eine bloße Liebelei, das sieht man."

De Montpasson erzählte ihm auch von André, dem verheirateten Tempelritter aus ihrer Komturei. Auch er hatte das Mönchsgelübde geleistet. Drei Jahre hatte er durchgehalten. Doch dann war seine spätere Frau aufgetaucht und es war um ihn geschehen. Vorher war er ein vorbildlicher Mönch gewesen, aber dann ging es nicht mehr. Er hatte sich fürchterliche Gewissensbisse gemacht, doch es nützte nichts. Schließlich musste sogar der Großmeister eingreifen, um ihn zu überzeugen, zu den verheirateten Tempelrittern zu gehen.

„André hat geheiratet, immer noch zweifelnd", erklärte de Montpasson, „doch nach drei Wochen war er ein vollkommen anderer Mensch. Es gab kaum jemanden, der Gott mehr dankte für sein Leben und das, was er ihm gegeben hat."

Rainier de Montpasson blickte versonnen auf die Seite. „Er wurde ein guter Ehemann und Vater seiner Kinder." Dann sah er Arnulf entschlossen an. „Du möchtest also, dass ich zu der Familie gehe und für dich um die Hand der kleinen Claudia anhalte?"

„Ja, Vater, das möchte ich."
„Das ist eine gute Entscheidung, Arnulf, weise und klug."

Wenig später machte sich de Montpasson auf den Weg zu der Bauernfamilie.

*D*ie nächsten Tage vergingen wie im Flug. Ständig gab es etwas zu tun. Ab und zu tauchte Claudia auf und brachte ein paar Sachen. Etwas Gemüse, ein wenig Obst. Eigentlich kam sie vor allem wegen ihm. De Montpasson war nach einer Stunde zurückgekehrt und hatte Arnulf die fröhliche Nachricht gebracht: Claudias Eltern waren glücklich darüber, dass sich die beiden jungen Leute gefunden hatten. Sie standen einer Verbindung nicht im Weg. Claudia hatte natürlich auch zugestimmt. Damit war sie offiziell die Braut Arnulfs und er ihr erwartungsvoller Bräutigam.

In drei Wochen sollte die Hochzeit sein und Arnulf war fest entschlossen, seiner Braut ein schönes Zuhause zu bereiten. Eine ganze kleine Hütte musste angebaut werden. Sie sammelten große Steine von den Feldern und setzten sie übereinander. Arnulf schaffte es kaum, die schweren Felsbrocken zusammenzufügen. Claudias Brüder Edward und Alexander waren zu Hilfe gekommen. Amüsiert schauten sie zu, wie Arnulfs Versuche misslangen, eine vernünftige Mauer aus den verschieden großen Steinen hinzubekommen.

Schließlich konnten sie es nicht mehr mitansehen. Sie räumten seine kläglichen Mauerfragmente beiseite und bauten selbst. Sorgfältig schauten sie, dass ein Stein zu dem anderen passte. Arnulf schaute verdattert zu. Konnte man wirklich einfache Natursteine ineinanderfügen? Dann überlegte er selbst, welcher Stein in die Lücke passen würde, und schließlich hatte er den Dreh raus. Nach und nach wuchs die Mauer einer schönen, kleinen Hütte, die sich an die große Haupthütte anschmiegte. Hier würde er mit seiner Frau leben, eine Familie großziehen.

Am Abend war die Hütte fast fertig. Sie musste nur noch mit Reisig gedeckt und die Wände ausgekleidet werden.

Irritiert hatten Alexander und Edward bemerkt, dass Arnulf beinahe den Kamin und die Tür vergessen hatte. Man kann doch nicht einfach nur die Wände hochziehen! Wie sollen die Bewohner denn hineinkommen? Und wo soll man Feuer machen und das Essen kochen? Wie soll der Rauch abziehen?

Gerade noch rechtzeitig hatte Arnulf seinen Fehler bemerkt. Lachend hatte er die Öffnung für die Tür freigemacht. Die Brüder hatten auch gelacht. Das wäre ja was geworden!

Arnulf war eigentlich gar nicht zum Lachen zumute. Das musste ja so kommen! Wie sollte er auch wissen, wie man eine solche Hütte baut? Er, ein Tempelritter, ein französischer Adliger, hatte so etwas ja noch nie gemacht. Arnulf wurde wieder bewusst, in was für einer verrückten Lage er war. Er war ein Vogelfreier! Er musste sich sein Leben lang verstecken! War es wirklich gut, eine Familie zu gründen und andere mit in Gefahr zu bringen? Was würde Claudia sagen, wenn sie wüsste, wer er ist? Was würden ihre Eltern, was ihre Brüder sagen? Und ahnten sie nicht schon langsam, dass sie nicht einfach Jungbauern mit ihrem Vater waren, die irgendwo neu anfingen? Er verstand es ja nicht einmal, eine Mauer zu bauen!

Arnulf wusste plötzlich, er musste mit Claudia reden. Er musste ihr reinen Wein einschenken. Wenn sie dann nichts mehr mit ihm zu tun haben wollte, musste das eben so sein. Er konnte nicht sein ganzes Leben ein dunkles Geheimnis haben, nicht vor ihr.

Ein paar Tage später streiften Arnulf und Claudia durch die Felder. Claudias Eltern gingen mit, hielten sich aber in respektvoller Entfernung, sodass die beiden jungen Leute sich ungestört unterhalten konnten. Arnulf und Claudia genossen die erste Wärme des Frühjahrs, schweiften lachend Hand in Hand umher und schwatzten. Begeistert sprach Claudia von ihrer Hochzeit. Sie hatten die Hütte inzwischen fertig und gemütlich eingerichtet. Ein Lager für sie beide aus Strohsäcken und Fell, einen Kessel über dem Kamin, eine Räucherkammer. Arnulf lebte dort schon und träumte davon, sie in den Armen zu halten.

Doch dann fiel Arnulf ein, dass es da noch etwas zu sagen gab. Sein Gesicht wurde ernst.

„Was ist mir dir?" Claudia hatte natürlich sofort gemerkt, dass er anders war.

„Claudia, ich muss dir noch etwas erzählen, etwas über mich."

Gespannt schaute Claudia ihn an.

Und da fing Arnulf an zu erzählen. Dass er ein französischer Adliger war. Wie er in einer Burg aufwuchs. Wie er die

Erziehung eines Ritters bekam.

Claudias Augen wurden immer größer. Was hatte er dann hier zu tun? Das musste für ihn ja das Ende der Welt sein!

Arnulf erzählte weiter, wie er Tempelritter wurde, wie er gewarnt wurde, dass der König etwas gegen sie im Schilde führte. Schließlich erzählte er, wie sie tatsächlich an einem Freitag den 13. verhaftet werden sollten. Später hatten sie erfahren, dass nur sehr wenige Tempelritter entkommen waren.

Er erzählte von den Vorwürfen, die seine Brüder unter der Folter Taten gestanden hatten, von denen sie nicht einmal zu träumen wagten! Arnulf sah, wie Claudias Augen vor Wut blitzten. Er erzählte von ihrer Flucht, von ihrer Reise ohne Wiederkehr über das Meer und wie sie schließlich hier ankamen.

„So", sagte Arnulf zum Schluss. „Jetzt weißt du alles über mich. Wenn du jetzt sagst, du willst mich nicht, werde ich sagen, ich habe es mir anders überlegt, damit du keine Schwierigkeiten bekommst. Oder", Arnulf lächelte gequält, „du kannst mich anzeigen und dir vielleicht noch eine Belohnung verdienen."

Arnulf sah, wie sich auf Claudias Stirn eine steile Falte bildete. Im nächsten Moment zischte sie: „Wie kannst du nur so etwas von mir denken? Hältst du mich für so schlimm?"

Erleichtert atmete Arnulf auf: „Tut mir leid, aber ich dachte …

weißt du, es ist so viel passiert in der letzten Zeit … ich habe immer Angst vor allem und vor jedem gehabt."

„Und du glaubst, ich halte für wahr, was diese Menschen über dich sagen?"
„Was solltest du denn denken? Wenn du hörst, was überall erzählt wird…"

„Aber ich kenne dich doch." Claudia sah ihn direkt an. „Ich sehe dich, nicht das, was andere sagen."

Sie blickte in die Ferne und wieder zu ihm. „Ich glaube jetzt erst recht, dass du ein guter Mensch bist. Weshalb erzählst du mir das alles sonst? Ich wäre nie darauf gekommen. Und weshalb glaubst du, ich will nichts mehr mit dir zu tun haben oder dich sogar verraten?" Claudia schaute ihm direkt in die Augen. „Ich liebe dich, Arnulf, nicht das, was du bringen kannst."

Arnulf nahm sie in die Arme. „Du bist wirklich ein Geschenk. Kannst du mir vergeben?"

„Was, Arnulf?"
„Dass ich dir misstraut habe."
„Ja, aber mach das nicht noch mal."
„Das verspreche ich dir."

In der nächsten Minute liefen sie wieder kichernd und schwatzend durch die Felder.

*H*eute war der große Tag. Die kleine Dorfkirche war bis auf den letzten Platz gefüllt. Der Altar war mit weißen und roten Rosen geschmückt und der Priester wartete. Aufgeregt und glücklich wartete Arnulf auf seine Braut. Und da kam sie, am Arm ihres Vaters, in dem schlichten Brautkleid ihrer Mutter, schritt sie langsam auf ihn zu, wie er vor dem Altar auf sie wartete. Arnulf hatte nur Augen für sie, wie sie den schmalen Gang hinaufkam, die zarte, elfenbeinfarbene Hand auf dem Arm ihres Vaters mit vor Aufregung geröteten Wangen und einem Strahlen, das mit der Sonne konkurrierte.

Arnulf konnte sich an ihr nicht sattsehen. Die ganze Zeremonie versank er in ihrem wunderschönen Anblick. Er konnte sich kaum auf das konzentrieren, was der Priester sagte. Dabei war die Predigt sehr gut. Er wünschte ihnen, dass Gottes Liebe zwischen ihnen regiert und sie einander immer als Geschenk sehen.

Nach dem Gottesdienst gab es ein rauschendes Fest, wie Arnulf es nie im Leben erwartet hatte. Beschämt stellte er fest, dass alle Nachbarn ihre Vorratskammern nach den besten Stücken durchgekämmt hatten. „Hoffentlich bricht hier nächste Woche keine Hungersnot aus", dachte Arnulf, als er die reich gedeckte Tafel sah. Süße Kuchen, eingelegte Früchte, ganze Hammel über dem Grill und Ströme von Bier wurden gereicht und alle langten herzhaft zu. Immer wieder musste Arnulf mit Gästen anstoßen, die auf sein Wohl und dass seiner Braut tranken und ihnen von Herzen Glück wünschten.

Arnulf hatte sich ein wenig gefürchtet. Wie sollte das gehen? Ein so großes Fest mit so vielen Leuten? Da fällt er doch auf! Doch Claudia hatte ihn beruhigt.

„Es interessiert hier niemanden, was in Frankreich läuft", hatte sie gesagt. „Die meisten wissen gar nicht, wo das liegt. Hier ist ein anderes Land."

Und genauso war es. Niemand fragte: „Wo kommt ihr eigentlich her?" Keiner sagte: „Du sprichst aber komisch." Er war ein junger Bauer, der eine Bauerstochter heiratete, völlig normal und unspektakulär.

Arnulf begann, sich auf sein neues Leben aufrichtig zu freuen. Hätte er besser bei seinen Eltern bleiben, ein adliges Mädchen heiraten und die elterliche Burg erben sollen? Wozu eigentlich. Er wollte keine andere Frau haben als seine Claudia. Sie war sein Glück, er hatte es gefunden. Er freute sich darauf, mit ihr in einer einfachen Hütte aus groben Granitsteinen, mit Reisig gedeckt und mit einem harten Lehmboden zu wohnen. Er freute sich auf die harte Feldarbeit eines einfachen schottischen Bauern. Er wollte seinen Kindern Lesen und Schreiben beibringen, aber auch, wie man hinter dem Pflug steht, wie man sät und erntet und wie man ein Haus baut.

Arnulf nahm sich von Herzen und feierlich vor, alles zu tun, um seine Claudia glücklich zu machen. Wenn er konnte, wollte er sie ihr Leben lang auf Händen tragen.

Wie weit weg war doch sein altes Leben! Gab es da etwas? Es kam Arnulf wie ein Traum vor, dass er einmal in einer normannischen Burg gelebt hatte. Hatte er einmal geglaubt, für den Glauben mit der Waffe zu kämpfen und das Heilige Land von den Sarazenen zurückzuerobern? Jetzt kam ihm der Gedanke unsinnig vor. Hatte er wirklich geglaubt, das Reich der Christen vergrößern zu müssen? War das Christi Reich? Eines, in dem eine allerchristlichste Majestät schändliche Lügen über ihn verbreiten und ihn wie einen Hasen jagen konnte? Wo der Papst lieber seine weltliche Macht behielt, als zu Gottes treuen Dienern zu stehen und lieber mit ihnen zu leiden?

Der Gedanke daran, Opfer von Politik und scheinheiligen Heuchlern geworden zu sein, machte Arnulf selbst an diesem Tag wütend. Schnell schob er den Gedanken beiseite. „Gott wird gerecht richten", sagte Arnulf sich. „Gott wird schon das richtige Urteil fällen."

Das Fest zog sich hin. Bis tief in die Nacht hinein wurde fröhlich gegessen und getrunken. Die Stimmung war so ausgelassen, wie Arnulf es diesen armen Bauern nie zugetraut hätte. Wie konnten sie bei ihrem harten Leben so fröhlich sein? So viel wie heute aßen sie alle wahrscheinlich einen ganzen Monat lang nicht!

Langsam wurde Arnulf müde. Und er sehnte sich, endlich seine Claudia in die Arme zu schließen. Aber die Bauern kannten kein Ende. Vom Gefühl her musste es schon kurz vor

Morgengrauen sein, als die Gäste sich unvermittelt verabschiedeten. Endlich konnten Claudia und Arnulf in ihr schlichtes Haus gehen und sich unter ihren Decken aus Lammfell und Stroh ihrer Liebe hingeben.

*D*ie Zeit verging. Aus Tagen wurden Wochen. Der Winter kam. Er bestand vor allem aus Regen, Regen und nochmals Regen. „Wie originell", dachte Arnulf, „gibt es hier überhaupt je anderes Wetter?" Doch Claudia regte dies überhaupt nicht auf. Sie kannte es nicht anders. Und Arnulf gab zu, dass dieses ungemütliche Wetter doch seine Vorteile hatte. Was konnte man da anderes tun, als es sich in seiner Hütte und auf seinem Lager gemütlich zu machen? Auf den Feldern gab es kaum etwas zu tun. Da schlief man fast den ganzen Tag, und das gab Arnulf ausgiebig die Gelegenheit, seine Claudia im Arm zu halten und mit Zärtlichkeit zu überschütten. Es verging kaum ein Tag, an dem sie sich nicht kichernd wie kleine Kinder aus ihren Decken wühlten, um sich an ihr kleines Tageswerk zu machen.

Wie Elfenbein schimmerte die Gestalt von Claudia in dem fahlen Dämmerlicht in der Hütte, als sie an die Schüssel ging, um sich zu waschen. „Meine Eva", dachte Arnulf, und wie immer konnte er sich nicht an ihr sattsehen. „Guck weg!", sagte Claudia kokett und drehte ihren Oberkörper von ihm weg. Aber sie liebte es durchaus, wenn er sie bewundernd anschaute.

„Jetzt aber raus aus den Federn mit dir!" Die kecke Stimme von Claudia riss ihn aus seinen Träumen. Er war tatsächlich noch einmal eingedöst. Schnell umfasste er Claudia, die ihn aus dem Bett schütteln wollte. „Und wir haben wirklich nicht noch ein bisschen Zeit?" „Nein", Claudia küsste ihn auf die

Nase. „Ich muss heute nach Carlisle, um auf dem Markt Kräuter zu kaufen. Wir haben nichts mehr gegen Erkältungen."

Arnulf setzte sich auf. „Carlisle, das sind zehn Meilen hin und zehn zurück. Außerdem ist es nicht mehr Schottland. Musst du da wirklich hin?" „Arnulf, ich gehe diese Strecke, seit ich ein Kind bin. Was soll mir da passieren? Ich kaufe nur Kräuter. Außerdem ist ja Edward bei mir." Dass Claudias älterer Bruder mitkam, beruhigte Arnulf. „Das ist gut. Es ist Gesindel auf dem Weg. Nicht gut, wenn eine Frau da alleine geht." „Was soll mir denn passieren? Ich sehe wirklich nicht reich aus!" „Ich auch nicht, und trotzdem wurde ich neulich eine Meile von hier angegriffen. Der Kerl dachte wohl, ich habe etwas zu essen bei mir. Das Verrückte ist, wenn er einfach gefragt hätte, hätte ich ihm etwas gegeben, aber so verpasste ich ihm nur eine tüchtige Tracht Prügel."

„Du hättest unsere Nahrungsvorräte einem Bettler gegeben?" „Natürlich nicht, aber vielleicht ein Stück Brot. Ich hätte meine Wegzehrung mit ihm geteilt."

„Gib bloß nicht all unser Essen irgendwelchen Leuten. So viel haben wir selbst nicht. Und", Claudia legte lächelnd ihre Hand auf ihren Bauch, „es kann sein, dass wir bald für noch jemanden sorgen müssen."

„Wirklich? Bist du sicher?"

Claudia nickte glücklich. „Ich denke, es wird ein Sommerkind."

Arnulf holte tief Luft und nahm seine Claudia in den Arm. Er hatte ein Kind gezeugt! Er hatte sich nicht vorstellen können, dass ihn das einmal so glücklich machen würde. Doch dann wurde er wieder ernst.

„Dann musst du erst recht gut auf dich aufpassen."
„Arnulf, sei nicht kindisch. Das machen die Frauen hier alle. Sie gehen noch schwanger auf die Felder."

Arnulf seufzte. „Ist schon gut, du bäuerliche Maid. Aber ist es so schlimm, dass ich mir Sorgen um dich mache?"

Claudia lachte. „Natürlich nicht. Ich verspreche dir, ich passe auf mich auf."

Zehn Minuten später saßen sie beide gemütlich beim Frühstück.

„Wann wirst du wieder da sein?"
„Ich schätze, am frühen Abend."
„Nimm etwas zu essen mit."
„Natürlich, Edward wird auch noch etwas dabeihaben."
„Soll ich vielleicht auch mitkommen?"

„Kümmere dich lieber um das Dach." Claudia schaute auf eine Stelle, wo sich ein großer Wasserfleck am Boden bildete. „Sonst werden wir bald pudelnass." Sie grinste. „Wo du doch Wasser so sehr magst."

Arnulf lächelte säuerlich. „Schon gut. Ich habe es wirklich erst gestern Abend gesehen."

Er erhob sich vom Tisch. „Ich mache mich gleich dran."

Da klopfte es an der Tür. Arnulf begrüßte seinen Schwager, der wie immer unverwüstlich gute Laune hatte.

Kurze Zeit später machten sich Claudia und Edward auf den Weg nach Carlisle. Arnulf sah ihnen nach. Dann ging er in die Scheune, um trockenes Reisig für das Dach zu holen.

Kurze Zeit später stand er auf der Leiter und rückte die Zweige zurecht. Sie hatten sich verschoben, wahrscheinlich durch den Wind. Nun war eine Lücke frei und ließ das Regenwasser durch. Keine angenehme Situation. Verbissen kämpfte Arnulf damit, die Zweige in die richtige Lage zu bringen und mit Moos zuzustopfen. Wieder merkte er, dass er darin keine Übung hatte. Es ging, aber sehr mühsam. „Wenn die anderen Bauern mich sehen, müssen sie sich doch fragen, was ich für ein Tölpel bin", dachte Arnulf. Er merkte, wie sich in seinem Magen ein Klumpen formte. Außer Claudia kannte niemand seine wahre Herkunft. Er bekam wieder Angst. „Wenn die anderen wüssten… was werden sie sagen?" Er versuchte, schnell zu arbeiten, um nicht so tollpatschig zu wirken. Aber je mehr er sich mühte, desto unbeholfener wurde er. Dann riss er sich zusammen. „Arnulf, du Narr", schalt er sich. „Gerätst hier in Panik und siehst Gespenster." Schließlich kannten ihn die Leute schon längst und er stellte sich auch nicht mehr so dumm an wie früher.

Arnulf atmete tief durch und machte sich ans Werk. Jetzt ging es auf einmal besser. „Na also", dachte Arnulf. In kurzer Zeit hatte er sein Tagewerk vollbracht.

Was sollte er jetzt noch tun? Er machte die Hütte blitzblank sauber. Arnulf dachte daran, wie verdattert Claudia geschaut hatte, als er einmal nach dem Besen griff. „Willst du jetzt schon Frauenarbeit tun?" hatte sie gefragt. Aber jetzt würde sie sich bestimmt freuen, wenn nach ihrem anstrengenden Fußmarsch zu Hause alles sauber war.

Arnulf saß in seiner Hütte. Der Kamin prasselte gemütlich vor sich hin und verbreitete wohlige Wärme. Die Behaglichkeit passte überhaupt nicht zu seiner Stimmung. Seit Stunden war es dunkel und Claudia und Edward waren noch nicht da. Sollte etwas …? Arnulf wischte den Gedanken beiseite. Was sollte schon passiert sein? Claudia kannte den Weg seit ihrer Kindheit. Sie hatte Edward bei sich. Edward war ein kräftiger Kerl und konnte sich verteidigen. Wenn es darauf ankam, war mit ihm nicht zu spaßen. Aber Arnulf bekam den Gedanken nicht aus dem Kopf. So lange wollte Claudia gar nicht wegbleiben. Das war eigentlich überhaupt nicht ihre Art. Noch nie hatte sie sich so verspätet. Sie wusste genau, wie gefährlich es ist, nachts durch den Wald zu gehen. Sie war hier aus der Gegend. Sie wusste, wie lange sie für einen Weg braucht. Also würde sie auch nicht zu spät losgehen. Und Edward war auch vernünftig und nicht für Abenteuer zu haben. Was also …? Wieder schalt Arnulf sich einen Narren. Aber nach weiteren Minuten, gefühlten Stunden, begann er, in seinem Haus nervös auf und ab zu gehen. Er musste sich einfach irgendwie beschäftigen, aber er hatte nicht den Kopf und die Konzentration für Arbeit. Endlich klopfte es an seine Tür, heftig, fast in Panik. Arnulf lief hin und öffnete. Davor stand Edward, keuchte und hielt sich die Seite vom schnellen Laufen. Schließlich presste er hervor: „Ruf die anderen zusammen! Es ist etwas Schreckliches passiert!"

Wenig später saßen alle in der Hütte von Markus und Rainier. Edward, seine beiden Brüder und zwei Schwestern, Arnulfs

Schwiegereltern, Arnulf sowie Rainier und Markus und Männer aus der Nachbarschaft. Edward fing an zu erzählen: „Es war eigentlich wie immer. Wir kamen nach Carlisle und gingen auf den Markt. Wie immer gab es dort alle nötigen Heilkräuter und Claudia kaufte ein, so viel sie wollte. Dann wollte sie noch Schweinefett kaufen, um Salben zuzubereiten. Wir waren wirklich nicht die einzigen Leute an dem Stand, und viele kauften Fett und hatten auch Kräuter. Doch auf einmal schrie eine Frau auf: ‚Die ist eine Hexe! Die will Teufelssalbe brauen!' Sie hatte die Kräuter im Korb gesehen und dachte wohl, Claudia will Hexensalbe kochen. Aber ich schwöre bei Gott, das haben wir nie gemacht!"

Rainier fragte betont ruhig nach: „Was geschah dann?"

„Sie haben sie in die Kirche gezerrt, vor den Richter."
„Und was hat der gesagt?"
„Sie haben mich nicht reingelassen. Ich glaube, man hat sie gar nicht gehört. Sie wurde einfach bis morgen eingeschlossen, dann will man sie verhören."

Rainier atmete tief: „Das ist gut. Dann werden sie heute kein Geständnis aus ihr rauspressen. Wir haben noch Zeit."

Arnulf hatte das Gefühl, als würde eine kalte Hand sein Herz zusammenpressen. *Seine* Claudia der Hexerei bezichtigt! Seine Frau, die Mutter ihres ungeborenen Kindes! Da hörte er Edward weiter sprechen: „Sie haben erlaubt, dass einer ihrer Verwandten für sie kämpft, in einem Gottesurteil. Aber er muss

Ritter sein! Und der Kampf muss morgen früh stattfinden." Seine Stimme triefte vor Sarkasmus. „Nichts leichter als das, oder? Einer von uns muss sich bloß bis Morgen zum Ritter schlagen lassen und mal eben Rudolf von York im Zweikampf besiegen, den besten Kämpfer in ganz Nordengland. Eigentlich nichts leichter als das!" Edward vergrub das Gesicht in den Händen und bebte. „Ausgerechnet meine Schwester! Was sollen wir nur tun?"

Da packte Arnulf eine kalte Entschlossenheit. Ohne ein Wort zu sagen erhob er sich, um zu der Kiste zu gehen, wo ihre Rüstungen lagen. Markus ahnte, was er vorhatte. „Gib mir auch meine", sagte er. Rainier schloss sich ihnen an. „Wir haben Arbeit zu tun, meine Kinder. Gehen wir." Er wandte sich an die Bauern. „Habt ihr irgendwelche Reittiere? Für uns und Edward? Wir müssen schnell sein." Arnulfs Schwiegervater reagierte am schnellsten. „Ihr habt doch Pferde", sagte er zu zwei Nachbarn. „Können wir sie haben?" „Natürlich", antwortete Christian. Und sofort waren alle geschäftig. Hoffnung keimte auf. Irgendwie schienen diese sonderbaren Fremden eine Möglichkeit gefunden zu haben.

Eine Viertelstunde später sahen sie warum. Vor ihnen standen drei Tempelritter in voller Rüstung, mit umgürtetem Schwert und dem Helm unter dem Arm. Verdattert sagte Edward: „Ich wusste doch, dass der König von Frankreich ein A…" „Versündige dich nicht an einem von Gott eingesetzten Herrscher, mein Sohn", unterbrach ihn Rainier. „Möge Gott ihn richten." Im Nu waren alle aufgesessen. Claudias Mutter gab Arnulf ein Paket. „Hier habt ihr etwas zu essen, Arnulf", sagte sie. „Ihr werdet bestimmt Hunger bekommen. Und Claudia wird auch Hunger haben." „Danke Mutter", sagte Arnulf. „Bete, dass ich den Kampf gewinne." „Das werde ich", sagte sie. Und dann straffte sie sich. „Gott wird uns Recht verschaffen."

Dann sprengten die Ritter und Edward in Richtung Carlisle.

*C*laudia stand vor dem Inquisitor. Er war ein listig blickender Mann mit hartem Gesicht. Seine Augen musterten sie abfällig. Der Prozess fand mitten auf dem Markt statt und Claudia fühlte sich wie ein Stück Vieh. Sie spürte förmlich die Blicke der Menschen auf sich und wie sie sich die Mäuler zerrissen.

„Gestehst du, dass du schändliche Hexensalbe kochen wolltest?" Der Inquisitor sah sie direkt an. „Man kann nur gestehen, was man getan hat, Herr", sagte sie fest. „Ich habe nicht einmal die Zutaten für Hexensalbe in meinem Korb."

„Aha, du kennst sie also?"
„Jeder kennt sie. Aber ich habe sie nie benutzt und auch nicht gekauft. Ich wollte sie gar nicht."
„Papperlapapp. Gestehe endlich deine Untaten, sonst wird die Folter dir die Zunge lösen."
„Ich habe nichts getan, Herr."

„Wie du willst. Das werden wir ja sehen, oder", ein spöttisches Lächeln umspielte seine Lippen, „hoffst du, dass ein Ritter aus deiner Familie für dich kämpft?" Er lachte trocken. „Welcher Ritter soll denn für dich eintreten. Du bist ein Bauernmädchen." Claudia wollte schon erwidern, dass es da durchaus jemanden gäbe, aber sie entschloss sich, das besser für sich zu behalten. Arnulf sollte sich nicht noch wegen ihr ins Unglück stürzen.

„Also", höhnte der Inquisitor, „wirst du wohl besser sprechen, sonst…" Plötzlich erscholl Pferdegetrappel. Es näherte sich direkt dem Markt. Der Inquisitor blickte auf. Auf einmal schrie er: „Was ist das? Noch mehr Teufelswerk! Tempelritter!"

„Oh nein." Claudia drehte sich um. Arnulf, und dann auch noch Markus und Rainier. Mussten alle wegen ihr unglücklich werden? Arnulf zügelte sein Pferd. Mit fester Stimme rief er: „Wer wagt es, diese meine Frau der Hexerei zu beschuldigen?"

„Die da ist Eure Frau? Das passt ja zusammen, ein Sodomit und eine Hexe."

„Gott weiß, dass ich genauso wenig Sodomit bin wie sie eine Hexe ist", sagte Arnulf fest. „Ich bin bereit, für den Beweis mein Leben zu riskieren." Er schaute sich um. „Ihr wolltet ein Gottesurteil. Hier stehe ich, christlicher Ritter aus der Gemeinschaft der Templer. Ich bin bereit, für die Ehre meiner Frau und meine Ehre mein Leben zu geben."

„Das werdet Ihr wohl tun müssen", höhnte der Inquisitor. „Ihr wollt wirklich gegen von York antreten? Den besten Kämpfer hier weit und breit?"

„Spielt das eine Rolle bei einem Gottesurteil? Ich rufe Gott unseren Vater im Himmel an, Recht zu sprechen."

„Nun gut, wie Ihr wollt." Der Inquisitor blickte in die Runde. Irgendwie behagte ihm die Sache nicht. Aber dann hellte sich sein Gesicht auf. „Der Kampf findet gleich statt." Er schaute belustigt auf Arnulfs abgehetztes Pferd. „Zu Pferd mit Lanze und Schwert, macht euch bereit.“

*A*rnulf bereitete sich auf den Kampf vor. Er wunderte sich, wie ruhig er war. Er war bereit zu sterben, aber er wollte unbedingt Claudia retten. „Herr, lass nicht zu, dass ich verliere", drang es aus seiner Seele zu Gott. „Sofort, auf dem Pferd." Markus sarkastischer Tonfall drang in seine Gedanken. „Du mit deinem abgehetzten Ackergaul. Der muss es dir auch so schwer wie möglich machen."

„Schon gut, Markus. Sind wir in letzter Zeit irgendwo gut behandelt worden?"
„Ich dachte, du hast damit am meisten Probleme."

„Ich habe jetzt andere Sorgen als Schmach und Schimpf." Er hatte Claudia nicht einmal sprechen dürfen. Sie hatten nur kurze Blicke tauschen können. Sie schien ihm fast Vorwürfe zu machen. „Musst du dich für mich ins Unglück stürzen?", schien sie sagen zu wollen. „Ich liebe dich und ich hole uns hier raus", antworteten seine Augen.

„Arnulf, mein Sohn." Rainier wandte sich ihm zu. „Ich habe von York beobachtet. Ich gebe zu, der ist gut. Er ist bestimmt zehn Jahre älter als du. Flink, kräftig und erfahren."

„Was rätst du mir, mein Vater?"
„Kämpfe nicht schön. Sieh ruhig dumm aus. Sollen alle spotten. Sei geduldig. Warte auf deine Chance. Aber halt ihn dir in jedem Fall vom Leib, sonst bist du verloren."
„Danke, Vater."

Arnulf kniete nieder und Rainier segnete ihn. „Möge Gott euch

Recht schaffen, Arnulf." Er machte das Kreuzzeichen.

Arnulf fasste die Lanze. Ruhig und gefasst stieg er auf sein Pferd und führte es auf die Mitte des Platzes. Um den Markt herum standen die Leute in atemloser Spannung. Das versprach eine gute Unterhaltung. Der beste Kämpfer des Landes gegen einen … Ja, wer war das denn? Ein Tempelritter? Das waren doch diese Sodomiten und Teufelsanbeter! Arnulf spürte förmlich, wie die Luft vor Spannung knisterte. Wahrscheinlich erwarteten sie, dass Feuer vom Himmel fällt und ihn verzehrt, oder die Erde ihn lebendig verschlingt. Langsam und würdevoll ritt Arnulf auf den Marktplatz, auf dem die Arena abgesteckt war. Hier sollte er also mit Rudolf von York kämpfen. Auf Leben und Tod. Eigentlich schade, dass einer von ihnen mit seinem Leben bezahlen musste. Er hatte umstehende Passanten gehört. Dieser Rudolf schien kein schlechter Kerl zu sein. Tapferer Ritter, Edelmann, gütig gegen seine Untergebenen, frommer Christ, treuer Ehemann und Familienvater – und der beste Kämpfer im Umkreis von 200 Meilen. Und ausgerechnet diesen Mann würde Arnulf töten müssen, um Claudia zu retten.

„Nichts leichter als das!" Arnulf erschrak über seine sarkastischen Gedanken. Dann schalt er sich. War seine Sache gerecht? Ohne Frage. War das hier ein Gottesurteil? Sicherlich. Aber hatte Gott nicht auch viel Böses zugelassen? Manchmal war es wirklich schwer zu verstehen, was Gott tut. Aber Arnulf wollte nicht aufgeben. „Wichtig ist, dass du für eine gerechte

Sache kämpfst. Gottes Wille geschehe!"

„Kämpfe nicht schön. Sieh ruhig dumm aus. Sollen die anderen spotten. Warte auf deine Chance." Die Worte von Rainier de Montpasson hallten in seinem Kopf wider. „Benutze dein Hirn", mahnte er sich.

Die Kämpfer stellten sich einander gegenüber. In voller Rüstung mit Schild und Lanze, umgürtetem Schwert auf dem Pferd. Arnulf wunderte sich, wie wenig aufgeregt sein Pferd wirkte. Hatte der Bauer es vielleicht bei einem Ritter gekauft? Das wäre ein unerwarteter Vorteil. Die anderen würden nicht erwarten, dass sein Pferd kampferprobt ist.

Der Inquisitor hielt eine Ansprache. „Kämpft als Ritter", mahnte er die Kontrahenten eindringlich. Er sah Rudolf von York an. Dieser hob die Lanze in den Himmel. „Im Namen Gottes des Allmächtigen", rief er, „gib deiner gerechten Sache den Sieg!" „Ich rufe Gott, den Vater, den Sohn und den Heiligen Geist als Zeugen an, dass ich im Recht bin", erwiderte Arnulf. Und leise fügte er für sich hinzu: „Möge er mir vergeben, wenn ich unschuldiges Blut vergießen muss."

Die Kämpfer bezogen Position und senkten ihre Lanzen. Es war heiß hinter dem geschlossenen Visier seines Helmes. Arnulf lief der Schweiß die Wangen herunter. Er zwang sich zur Ruhe. Aber ihn packte keinerlei Angst. In seinen Adern pochte das Adrenalin. Nur der Gedanke, was mit seiner Claudia geschehen würde, wenn er verliert, ließ ihn erzittern.

Gespannt warteten die Ritter, während der Inquisitor über der Mitte der Arena ein Taschentuch hochhielt, dann ließ er es fallen.

Sofort stürmten die Ritter aufeinander los. In gesprengtem Galopp preschten die Kämpfer aufeinander zu. Arnulf rechnete damit, dass der erste Stoß mehr ein Test sein wird. Rudolf wird versuchen, ihn abzuschätzen. Und so war es auch. Der erste Stoß war genau auf Arnulfs Schild gerichtet. Er hätte schon sehr ungeschickt sein müssen, wenn ihn das aus dem Sattel hebt. Dennoch rutschte Arnulfs Speer vollkommen wirkungslos an Rudolfs Schild ab. Arnulf ließ absichtlich die Lanze etwas fester aufprallen. Im Vorbeireiten machte er eine Bewegung, als suche er sein Gleichgewicht. Die Zuschauer raunten. Manche lachten und Arnulf hörte spöttische Bemerkungen.

„Gut so", dachte er, „sollen sie ruhig lachen."

Der nächste Anlauf. Arnulf dachte, Rudolf würde nun ein schnelles Ende suchen. Das könnte ihm die Chance geben, ihn zu packen. Er wollte aber wirken, als könne er sich gerade so mit viel Glück halten.

Die Reiter preschten aufeinander zu, die Lanzen gesenkt. Krachend trafen die Lanzen ihr Ziel, aber ohne Wirkung. Wieder suchte Arnulf etwas sein Gleichgewicht. Möge Rudolf meinen, dass hier ein Trottel von Kämpfer mehr Glück als Verstand hat. Die Reaktionen des Publikums zeigten Arnulf, dass er Erfolg hatte.

Doch Rudolf wirkte irgendwie nachdenklich. Sollte er merken, dass Arnulf doch besser kämpfen konnte, als er zugeben wollte? Nun gut, Arnulf hatte keinerlei Turniererfahrung. Er hatte in keinem Krieg gekämpft. Aber die Wehrübungen zeigten Wirkung. Wieder mahnte Arnulf sich zur Geduld. Bloß im Sattel bleiben, alles andere wird sich fügen.

Der nächste Stoß war gut, sehr gut. Arnulf hatte diesmal wirklich Mühe, im Sattel zu bleiben. Bei Rudolf dagegen schien Arnulfs Stoß überhaupt keine Wirkung zu haben. „Egal, weiter", machte Arnulf sich Mut.

Wieder ein Anritt. Beide Ritter preschten im gestreckten Galopp aufeinander zu. Schaum quoll den Pferden aus dem Maul, als die Reiter das Äußerste aus ihnen herausholten. Die Lanzen senkten sich. Mit einem ohrenbetäubenden Krachen trafen beide Lanzen gleichzeitig auf die gegnerischen Schilder. Rudolf wirkte wie eine Wand aus Granit. Er bewegte sich kein Stückchen. Arnulf dagegen wankte und hielt sich krampfhaft an der Mähne seines Pferdes fest. Aufschreie begleiteten seine Versuche, im Sattel zu bleiben. Aber er blieb oben. Arnulf brach der Schweiß aus. „Das schaffe ich nicht!" „Doch, du bist im Sattel." Arnulf versuchte verzweifelt, ruhig zu bleiben.

„Du bist oben, alles andere ist egal." Der Schweiß rann Arnulf in die Augen. Er schüttelte den Kopf und blinzelte. Rudolf schien ihn zu beobachten. In Arnulf wollte Panik aufkommen, doch er riss sich zusammen. „Das kann ein Vorteil sein", dachte er. „Der denkt, er hat dich gleich." Er erinnerte sich an Rainiers

Worte: „Denke nie, du hast gewonnen, bis du wirklich gewonnen hast." Nun denn, mal sehen, ob von York dies auch beherzigte. Arnulf begann, Mut zu fassen.

Arnulf entschloss sich zu einer Finte. Er wollte ein wenig auf eine Seite wanken, als sei er erschöpft und könne er sich nicht mehr richtig halten. „Viel fehlt daran aber nicht", kicherte er in sich hinein. Er war wirklich todmüde, nur der Gedanke an Claudia hielt ihn hellwach.

Die Ritter stoben aufeinander zu. Arnulf wankte leicht nach der rechten Seite. So müsste ihn Rudolfs Lanze doch leicht aus dem Sattel heben, oder? „Komm, komm, heb mich aus dem Sattel", schien Arnulfs Haltung zu locken. Rudolf reagierte wie erwartet. Er glaubte, sein Gegner sei fast ohnmächtig vor Erschöpfung. Er musste ihm nur noch den Gnadenstoß geben.

Im letzten Augenblick festigte Arnulf seinen Sitz und versuchte, Rudolf durch den Gegendruck selbst vom Pferd zu bringen. Das Krachen war so gewaltig, dass die Zuschauer sich die Ohren zuhielten. Beide Ritter behielten ihren Stand, keiner wich nur ein winziges Stücken. „Schade." Arnulf war missmutig. Jetzt würde Rudolf noch mehr aufpassen. Und er hatte mindestens dreimal so viel Erfahrung wie Arnulf. Aber weiter.

Aber was war das? Plötzlich warf Rudolf die Arme nach hinten. Die Lanze flog in hohem Bogen in den Sand der Arena. Alles schrie auf. Und Rudolf fiel nach hinten – und rücklings vom Pferd hinunter und lag hilflos wie ein Käfer auf dem Rücken.

Arnulf fackelte nicht lange. Pferd gezügelt, runter, Lanze weg, Schwert raus und gleichzeitig in zwei Sprüngen bei dem hilflosen Ritter. Ehe Rudolf auch nur versuchen konnte, sich aus seiner misslichen Lage zu befreien, hatte er Arnulfs Schwertspitze an der Kehle.

„Ergebt euch!" Arnulfs Stimme klang mehr wie ein gut gemeinter Rat als ein Befehl, der über Leben und Tod entscheidet.

„Ich ergebe mich." Rudolf antwortete ruhig, selbstbewusst und ohne eine Spur von Angst. „Friede!"

Da erklang schon die Stimme des Inquisitors. Fast widerwillig sagte er: „Haltet ein, Herr Ritter. Ihr habt gesiegt. Gott hat gesprochen."

Mit einem tiefen Gefühl der Erleichterung und Dankbarkeit reckte Arnulf sein Schwert in die Höhe. Die Menge, die vorher atemlos still war, begann ohrenbetäubend zu jubeln. Arnulf ließ sein Schwert sinken und steckte es in die Scheide. Es war vorbei, er hatte gewonnen.

„Ich erkläre Rudolf von York für besiegt." Der Inquisitor rief es laut hinaus. „Gott hat gesprochen. Eure Frau, Ihr selbst und Eure Brüder sind gerechtfertigt. Gottes Wille geschehe."

Arnulf atmete tief durch. Dann reichte er dem hilflosen York die Hand und half ihm auf die Beine.

*D*ie Musik spielte, es brannte ein fröhliches Feuer in der Halle, auf dem alle erdenklichen Arten von Fleisch brieten. Früchte, Gemüse, Pasteten, Torten und alle Arten von Getränken bogen fast die massiven dicken Holzbohlen.

Arnulf saß mit seiner Claudia gegenüber von York und seiner Gemahlin an einer langen Tafel. Alle Plätze waren besetzt und jeder ließ sich die Köstlichkeiten schmecken und langte herzhaft zu, während Diener geschwind von einem Gast zum anderen eilten.

„Frau, ich bitte Euch und die Euren, seid bis morgen meine Gäste." Der Inquisitor hatte Claudia höchstpersönlich befreit und alle mit einer Verbeugung eingeladen. Einen Moment lang wollten sie ablehnen, doch das wäre eine Beleidigung gewesen. Außerdem war es vielleicht gut, dass sie alle etwas ausruhen konnten.

Nur Edward hatte sich entschuldigt. Er wollte der Familie gleich die gute Nachricht bringen. Er bekam ein fürstliches Paket mit Essen und ritt nach Hause.

Claudia hatte zuerst gar nicht glauben wollen, was sie sah, als sie in den Festsaal geleitet wurden. So viel Essen! Aber dann fasste sie sich und aß wahrlich für zwei. Man hatte ihr gar nichts zu essen gegeben und das Kind, das sie unter dem Herzen trug, verlangte nach Nahrung.

Arnulf bemerkte, wie die Gemahlin von Yorks wissend

schmunzelte. Frauen scheinen sofort zu merken, wenn eine Frau guter Hoffnung ist. Dann stieg Wut in Arnulf auf. „Ja, ihr habt fast eine Schwangere auf den Scheiterhaufen gesteckt. Ihr wolltet nicht nur sie, sondern auch ein Kind töten, bevor es überhaupt auf die Welt kommen kann! Und das alles wegen harmloser Heilkräuter!"

Beschämt dachte Arnulf daran, wie er zuerst auch Claudia und ihrer Mutter der Hexerei verdächtigt hatte. Da drangen die Worte von Yorks in seine Gedanken.

„Ihr habt mir ja tüchtig zugesetzt."

Arnulf musste fast lachen. „Aber Herr von York, ich bitte Euch. Ich Euch zugesetzt? Ich wäre wohl wirklich beim nächsten Anritt gefallen."

„Ich konnte mich schon beim zweiten Anritt kaum halten. Ich wollte es Euch nicht zeigen, um Euch keinen Mut zu geben." Von York lachte. „Vielleicht hätte ich es zugeben sollen, um Euch übermütig zu machen." Beide lachten über die Andeutung von Arnulf Finte.

„Dann ist es wohl so gewesen, dass wir einander würdig waren. Ich konnte mich wirklich nur schwer halten, obwohl", Arnulf prostete von York zu, „ich glaube keinesfalls, dass ich mit jemandem von Eurer Erfahrung mithalten kann. Ich habe weder in einem Krieg gekämpft, noch Turniere gefochten."

„Ihr habt einen erfahrenen Lehrer", von York deutete auf

Rainier de Montpasson, der neben Markus einen Platz weiter saß, „und Ihr habt offensichtlich auf ihn gehört."

„Mein Vater hat mir wirklich ein paar gute Dinge gesagt", meinte Arnulf, „aber ich habe nicht mehr damit gerechnet, Euch zu besiegen. Gott hat gesprochen."

„Das will ich gar nicht bezweifeln." Von York drehte nachdenklich seinen Pokal in der Hand. „Vielleicht hätte ich es sogar wissen müssen."

„Was meint Ihr damit?"
„Nun, die Nacht und Nebelaktion bei der Verhaftung Eurer Brüder. Selbst der Heilige Vater glaubte den Anschuldigungen nicht."
„Und trotzdem habt Ihr gekämpft?"
„Ich bin Soldat. Und ich vertraue auf Gott."
„Und Ihr kämpft für eine Sache, die Ihr für ungerecht haltet?"

„Ich wusste nicht, was ich denken soll. Euer König und der Heilige Vater schienen Eure Schuld zu bestätigen, der Heilige Vater aber wohl unwillig. Und es gab Geständnisse von einigen Templern. Wie soll ich da entscheiden, wer Recht hat?" Von York breitete theatralisch die Arme aus. „Da weiß wirklich nur Gott, wer die Wahrheit sagt und wer nicht."

„Und was ist mit unseren Brüdern geschehen?"
„Einigen hat der Papst wohl die Absolution erteilt und sie sind jetzt Zisterzienser. Andere wurden als Ketzer verbrannt. Manche sind wohl auch entkommen."

Rainier holte tief Luft. „Sie wurden verbrannt, obwohl der Heilige Vater sie nicht für schuldig hielt?"

Von York lächelte gequält. „So läuft es wohl oft. Ein König will etwas und setzt den Heiligen Vater unter Druck. Dann winkt noch Euer ganzes Gold" – „Was ein Gerücht ist", unterbrach Markus von York. „Ich bin mir sicher, der König hat kein einziges Goldstück bei uns gefunden."

„Das stimmt, kein einziges Goldstück", pflichtete von York bei. „Wieder etwas, was mich eigentlich hätte nachdenklich machen sollen."

●

Arnulf und Claudia lagen nebeneinander. Die Hütte war dunkel. Es war tiefste Nacht. Alles war friedlich und ruhig.

Sie waren am Morgen aufgebrochen und hatten nachmittags glücklich das Dorf erreicht. Überglücklich hatten Claudias Eltern sie und Arnulf in die Arme geschlossen. Und wieder gab es ein Festmahl für das ganze Dorf, das seinesgleichen suchte.

„Wollt ihr all eure Vorräte opfern?", hatte Arnulf den Nachbarn gefragt. „Am Ende müsst ihr wirklich noch hungern."

Aber der hatte abgewiegelt. „Arnulf, iss und trink, es ist mehr als genug da. Wer kann heute nicht feiern?"

Erst am Abend waren alle gegangen. Und da waren sie nun, erschöpft aber glücklich. Arnulf gab sich seinen Gedanken hin. Bald würde Sommer sein. Dann würde ihr Kind geboren werden. Ein hübsches Bauernmädchen oder ein strammer Bauernjunge. Er würde ihm beibringen, ein guter Christ und Bauer zu sein. Lesen und schreiben, hinter dem Pflug stehen ... Eine Welle des Glücks überflutete Arnulf

„Woran denkst du?" Claudias schlaftrunkene Stimme holte ihn aus seinen Gedanken.

Arnulf lächelte. „Ich bin Gott so dankbar, dass ich dich habe." Arnulf spürte, wie Claudia im Dunkeln lächelte. Plötzlich überkam ihn eine tiefe Traurigkeit.

„Was ist mit dir?" Claudia schien zu spüren, dass ihn etwas bedrückte.

„Ich dachte nur gerade", Arnulf drehte sich zu ihr. „Ich möchte nie wieder kämpfen müssen."

„Das brauchst du auch nicht", sagte Claudia sanft. „Mich hast du schon längst besiegt."

Dann sanken sie einander in die Arme und klammerten sich

wie Ertrinkende aneinander und keiner wollte den anderen je wieder loslassen.

Herstellung und Verlag:
BoD – Books on Demand, Norderstedt
ISBN: 978-3-7504-2885-0